Als das Leben mich aufgab

Ney Sceatcher

Besuchen Sie uns im Internet:
www.zeilengold-verlag.de

ZEILENGOLD

Nadine Skonetzki
Konstanzer Str. 68
78315 Radolfzell am Bodensee
info@zeilengold-verlag.de

1.Auflage
Alle Rechte liegen bei Zeilengold Verlag, Radolfzell 2017
Buchcoverdesign: Sarah Buhr / www.covermanufaktur.de unter Verwendung von Bildmaterial von conrado / www.shutterstock.com sowie Letlice & RA-Wexchange
Illustrationen: Janina Robben, www.soulhuntress.de & Valentina, www.facebook.com/valentinastaltari.vs
Lektorat & Korrektorat: Michéle Rösner, skripteule.wordpress.com
Satz: Stefan Stern, www.wortdienstleister.de
Druck: booksfactory, 71-063 Szczecin (Polen)
ISBN Print: 978-3-946955-02-3
ISBN Ebook: 978-3-946955-96-2

Ein Titeldatensatz für diese Publikation ist bei der Deutschen Nationalbibliothek erhältlich.

Über die Autorin

Ney Sceatcher, 1996 geboren in der Schweiz, las schon immer gerne aufregende Bücher. Selbst zu schreiben begann sie bereits mit neun Jahren. Damals entstanden ihre Geschichten noch in kleinen Notizbüchern. Heute schreibt sie im Internet und ist seit 2014 auf der Seite Wattpad aktiv. Bis jetzt hat sie dort unter dem Namen NeySceatcher sechs Bücher veröffentlicht und eine große Anzahl an Lesern gewonnen. Wenn sie nicht gerade schreibt oder Tieren hilft, reist sie in der Welt umher und träumt von aufregenden Abenteuern.

Als das Leben mich aufgab

Ney Sceatcher

Für *Hilda*
Dank dir werden all meine Geschichten für immer weiter leben.

Ich sollte mich eigentlich bei dir bedanken.
Es ist wahr, traurige Menschen schreiben wunderbare Texte

Playlist

Prolog – *Fight Song / Rachel Platten*
Brief 1 – *Call You Home / Kelvin Jones*
Brief 2 – *Skinny love / Birdy*
Brief 3 – /
Brief 4 – *Happier / Ed Sheeran*
Brief 5 – *If I Die Young / The Band Perry*
Epilog – *Fight Song / Rachel Platten*

Prolog

Wenn mir jemand gesagt hätte, dass ich bald sterben würde, hätte ich gelacht. Ich hätte den Kopf geschüttelt und gelacht, mich umgedreht und nicht mehr als einen Gedanken daran verschwendet. Ich war jung, hatte mein ganzes Leben noch vor mir. Erst jetzt fing das Leben an, jetzt konnte ich die Welt entdecken.

Wieso sollte also ausgerechnet ich sterben? Ich, das Mädchen mit den hellen Haaren und den blaugrauen Augen. Das Mädchen, das ständig in seinen Tagträumen versank und sich ausmalte, wie sein Leben in zwanzig Jahren wohl aussehen würde.

Doch dieses bodenlose Schwarz, das sich neben mir auftat, zeigte mir immer deutlicher, wie die Wirklichkeit aussah. Schwarz war nicht nur eine Farbe, es war ein Abgrund, ein Versteck, eine Fluchtmöglichkeit.

Alles wirkte so leicht und meine Füße flogen nur so über den Boden. Mein gesamter Körper fühlte nichts außer der trägen Leere um mich herum. Das Einzige, was mir bekannt vorkam, war dieses Lied, das ständig erklang.

Fight Song…

Ich fühlte mich wie dieses kleine Boot, umgeben von Wellen aus Dunkelheit. Es schien, als würden die Klänge durch die Düsternis tanzen, ganz leise wie ein Flüstern. Die Melodie ließ mich irgendwie noch ein kleines bisschen leben, obwohl das alles gar keine Rolle mehr spielte.

Als das Leben mich aufgab, war ich sechzehn Jahre alt und trug keine Schuhe.

Lektion 1

Du sollst dich mit dem Leben befassen, mit jedem einzelnen Kapitel davon.

Wir alle tragen ihn in uns. Diesen kleinen Funken Hoffnung, der uns am Leben erhält. Er beinhaltet all unsere Träume, all unsere Wünsche. Wir tragen ihn in unseren Herzen und auch in unseren Gedanken. Wie ein Licht, das ständig weiterbrennt in dieser Dunkelheit voller Schatten und bösen Albträumen. Wenn wir lachen, strahlen wir diese Zuversicht aus. Wir leben für sie Tag für Tag, bauen Brücken und Häuser mit diesem kleinen Funken, den man Leben nennt. Bis das Leben eines Tages diesen Funken überholt und wir aufwachen. Wir tragen dann immer noch die Hoffnung in unseren Herzen, jedoch ist ihr Funke so klein, dass er bei der leisesten Bewegung erlischt. Wir sterben aber nicht einfach so, gehen nicht leichtfertig in die Finsternis. Wir hinterlassen Spuren, helfen anderen, ihren Funken zu erhalten, geben ihnen Hoffnung und bauen ihre Brücken zu Ende. Ja, sobald unsere Zeit endet, gehen wir in eine andere Welt. Wir nehmen Abschied, aber all die guten Worte und Taten bleiben auf diesem Planeten und hinterlassen Spuren. Spuren, die selbst die Dunkelheit nicht zerstören kann.

*

Als ich starb, fühlte ich mich leicht und es kribbelte überall, als ob tausende Ameisen über mich hinwegklettern würden.

Außerdem setzte meine Atmung aus. Auch der Körper selbst schien sich in eine helle, beinahe durchsichtige Hülle verwandelt zu haben.

Das Einzige, was geblieben war, waren all die Erinnerungen und die Gefühle, die ich im Laufe meines Daseins gesammelt hatte.

Doch mit der Zeit verschwanden auch die. Man vergaß immer mehr, jeden Tag ein bisschen. Anfangs wehrte man sich dagegen, irgendwann gab man auf und sah es ein. Immerhin war man nur noch ein Umriss und kein Mensch mehr. Das klang vielleicht erschreckend, aber sterben war ein langer Prozess. Die Hülle war weg und nun musste auch noch der Rest mit dem Leben abschließen.

Es war wie in einem Traum und man hatte das Gefühl, zu schweben. Alles fühlte sich so leicht an, nichts tat mehr weh. Auch die Beweglichkeit spielte hier keine Rolle mehr.

»Könnten Sie bitte?«, erklang eine Stimme neben mir.

Überrascht drehte ich den Kopf in die entsprechende Richtung. Eine ältere Dame stand dort. Sie trug ein zitronengelbes, knielanges Kleid und die grauen, fast weißen Haare lockten sich um ihren schmalen Kopf. Ihre ausgestreckte Hand zeigte auf einen Stuhl direkt neben mir. Dort lag meine Jacke. Wieso ich eine Jacke trug? Ich wusste es nicht.

Die Frau machte komische Geräusche und holte übertrieben laut Luft.

»Sie können damit aufhören. Hier müssen Sie nicht atmen«, sprach ich beruhigend auf sie ein und nahm meine rote Lederjacke zur Seite.

Sie nickte, schnappte aber immer noch gierig nach Sauerstoff. Irgendwann würde sie merken, dass sie den nicht brauchte. Ihr Körper machte das nicht mehr automatisch. Jedoch klammerten sich alle verzweifelt an diesen letzten Funken Menschlichkeit, als könnte man damit ein Stückchen Leben festhalten.

Sie setzte sich neben mich und blickte geradeaus. »Sie sind ein hübsches Mädchen. Warum sind Sie gestorben? Drogen?«

Ich rollte mit den Augen. Seit ich hier war, hatte ich diese Frage unzählige Male gehört.

Gelangweilt streckte ich meine Füße. Seltsamerweise trug ich keine Schuhe. Eine Jacke hatte ich, aber ich bekam keine Schuhe. Was war das bitte für ein Tod?

»Keine Drogen. Ich war eine Geheimagentin und wurde bei einem Auftrag von einer Kugel getroffen.«

Die ältere Dame nickte.

Ich erfand ständig Geschichten über meinen Tod. Irgendwie hatte ich sie nämlich vergessen – die Geschichte, wie ich gestorben war.

»Wie lange warten Sie schon?«

Ich drehte meinen Kopf in ihre Richtung. »Ich habe meine Uhr leider nicht dabei«, sprach ich. Sie nickte erneut. Hier gab es keine Zeit und es brachte nichts, darüber nachzudenken.

Die Frau wandte sich ab und vollführte weiterhin ihre übertriebenen, lautstarken Atemübungen.

Ich blickte erneut nach vorne. Das hier war nicht mehr mein Leben, denn das war bereits zu Ende. Wahrscheinlich lag ich nun irgendwo auf der Menschenwelt, vergraben in einem morschen Sarg und wartete darauf, von gierigen Würmern und Maden verspeist zu werden.

Vielleicht war ich auch das Opfer eines Schuhfetischisten geworden und befand mich nun barfuß in irgendeinem Wald.

Der Warteraum des Himmels war das absolut Langweiligste, das man sich vorstellen konnte. Es gab zwei Türen in diesem Raum. Eine grüne, durch die die kürzlich Verstorbenen kamen, und eine blaue, durch die man ging, sobald man das Okay einiger Himmelsboten bekommen hatte. Engel hatten kein lockiges Haar und Flügel, die im Sonnenschein glitzerten, sie glichen eher einer ausgeblichenen Version eines Pizzalieferanten oder einer überarbeiteten Sekretärin, die sich ständig ein Gähnen verkneifen musste.

Zwischen diesen beiden Türen lagen etliche Stuhlreihen, auf denen Tote hockten und ins Nichts blickten. Es schien jedes Mal eine Ewigkeit zu dauern, bis jemand aufstand und nach vorne geholt wurde. Dabei spielte es keine Rolle, wer bisher am längsten gewartet hatte. Nein, auf diese Regelung achtete hier niemand.

So durfte ich also mit ansehen, wie ein alter Herr, dem beinahe die Augen ausfielen, bereits nach kurzer Zeit aufgerufen wurde. Auch die Dame mit dem Kleid in der Farbe eines Zitronenfalters kam schnell an die Reihe.

Seufzend sah ich mich um. Vielleicht lagen ja irgendwo meine Schuhe. Ich konnte mich nicht einmal daran erinnern, wie sie ausgesehen hatten.

Erneut ließ ich meinen Blick zu dem grünen Eingang schweifen, durch den bereits ein neuer Toter kam. Es war ein kleiner Junge mit einem Skateboard unter dem Arm. Die Tür ging auf und schloss sich wieder. Dieses Spiel wiederholte sich einige Male. Immer mehr Tote versammelten sich in dem inzwischen vollen Warteraum.

Langsam aber sicher fragte ich mich, wohin dieser Weg wohl führte. Führte sie etwa wieder in die Menschenwelt? Die Neugier überkam mich. Vielleicht sollte ich einfach hindurchgehen und zurück zu meiner Familie, falls ich überhaupt eine hatte.

Hier war es langweilig. Darum beschloss ich in dem Moment, als die Tür ein weiteres Mal aufging und ein Mann mit einem Kugelschreiber im Kopf heraustrat, dass ich definitiv zu lange warten musste. Mit einer raschen Bewegung schlüpfte ich durch den grünen Eingang.

Plötzlich schien es, als ob ich eingesaugt wurde. In meinem Kopf malte ich mir bereits aus, wie es wohl sein würde, wenn ich zu Hause wäre.

Doch meine Erwartung schrumpfte dramatisch, als ich zu mir kam und mich direkt vor dem Schreibtisch eines Engels befand.

Lektion 2

Du wirst diese Welt niemals erklären können. Du kannst versuchen sie zu malen, sie zu beschreiben. Doch jeder sieht diese Welt anders, als ob jeder einen eigenen Filter hätte, der die Welt in unterschiedliche Farben taucht. Ich denke, das ist es, was unsere Welt ausmacht. Wir alle sind verschieden und doch irgendwie gleich.

Ich hatte es also geschafft. Ich war bei einem dieser riesigen Büroschreibtische angelangt, saß auf einem kleinen Stuhl und blickte ehrfürchtig nach vorn zu einem Himmelsboten mit langem braunen Haar und gelangweiltem Blick.

»Du bist durch die Tür gegangen«, sprach er. Noch immer war seine Miene ausdruckslos. Nervös hatte ich die Hände ineinander verschränkt.

»Bin ich jetzt endgültig tot?«, wisperte ich.

Anscheinend hatte ich unabsichtlich etwas Komisches gesagt, denn es entlockte dem Engel ein Lachen, er schüttelte einige Male den Kopf und deutete auf einen großen Haufen Papiere neben sich. »Es hat einen Grund, wieso du so lange warten musstest. Du hast etwas auf der Erde vergessen und das belastet deine Seele so sehr, dass sie nicht Abschied nehmen kann. Also nein, so ganz tot bist du noch nicht.«

Ich warf einen Blick auf meine nackten Füße. Roter Nagellack zierte jeden Fußnagel. Es war ein dunkler Ton, welcher beinahe an Blut erinnerte.

»Sie meinen bestimmt meine Schuhe«, antwortete ich zögerlich. Immerhin beschäftigte mich das schon ein bisschen.

Der Engel brach in ein lautes Gelächter aus. Jedoch sammelte er sich bald wieder und beugte sich ein wenig über den Schreibtisch. Er griff nach den Papieren, die direkt vor mir lagen, und reichte sie mir. Erst jetzt erkannte ich, dass es Briefe waren. Einfache, weiße Umschläge, auf denen verschiedene Namen zu lesen waren. Irgendwie kamen sie mir bekannt vor, allein die Schrift ließ mich zusammenzucken. Jedoch konnte ich mir nicht erklären, weshalb.

»Das sind deine Briefe. Du hast sie immer dann geschrieben, wenn dich etwas bedrückt hat. Sie sind an Freunde oder Familienmitglieder adressiert. Jeder einzelne hat einen Empfänger. Allerdings hast du sie niemals abgeschickt.«

Ich berührte die weißen Umschläge ganz vorsichtig. Das hier war also ein Teil meines alten Lebens. Ich konnte mich nicht entsinnen, sie geschrieben zu haben. Leise las ich die Namen der Empfänger. Ich kannte keinen von ihnen, weder einen Leo noch eine Liv. Zumindest erschien kein Rückblick in meinen Gedanken.

»Sind Sie sicher, dass das meine Briefe sind?«, fragte ich zögerlich.

Zuerst hatte ich Angst, der Engel würde wieder lachen, doch dieses Mal nickte er nur. »Das sind deine Briefe. Geh zurück auf die Erde und verteil sie.«

»Ich soll noch mal zurück? Ich kenne diese Personen nicht einmal.«

»Die Erinnerungen werden kommen, sobald du die betreffenden Personen siehst. Natürlich werden die Menschen dich anders wahrnehmen. Deine Liebsten dürfen nicht wissen, dass du es bist. Darum werden wir dein Äußeres verändern.« Der Engel räusperte sich und zeigte auf eine Tür direkt hinter mir. Wenn mein Herz noch funktionieren würde, würde es jetzt wahrscheinlich wild klopfen. Ich war doch tot. Was sollte ich also auf der Erde? Wieso überhaupt Briefe verteilen? Ich war schließlich kein Postbote.

»Können Sie mir wenigstens meinen Namen verraten?«, fragte ich und erhob mich eilig. Einer der Briefe fiel dabei auf den Boden. Schnell hob ich ihn wieder auf. Er lag leicht in meiner linken Hand und beinahe hatte ich Angst, er würde verschwinden. Ja, ich hatte meinen Namen vergessen.

»Deinen Namen brauchst du nicht und nun hopp. Deine Zeit wird immer knapper.«

»Sie werden schon wissen, was Sie tun«, murmelte ich mit zusammengebissenen Zähnen. Ich hatte noch nie davon gehört, dass ein Toter noch einmal auf die Erde musste, weil er vergessen hatte, Briefe zu verteilen. Außerdem fragte ich mich, wie sie sich das vorstellten. Sollte ich dort einfach als eine Art Zombie oder als Poltergeist umherwandeln?

Der Engel räusperte sich wieder und deutete mit seinen langen Fingern erneut auf die Tür hinter mir. Sie war ebenfalls grün – wie die Hoffnung, so sagte man doch?

Ich stand langsam auf, die Briefe fest an mich gepresst, lief zu der Tür und öffnete sie zaghaft. Vor mir tat sich Dunkelheit auf. Es schien wie ein schwarzes, bodenloses Loch, in das ich mich fallen lassen musste. Ich zögerte einen Moment lang. Eigentlich sollte ich keine Angst davor haben. Was sollte denn schon passieren? Tot war ich ja schon.

Ich warf noch einen letzten Blick auf die Briefe, um sicher zu sein, dass sie noch da waren, schloss die Augen, kniff sie ganz fest zusammen und wagte dann den entscheidenden Schritt.

Tatsächlich fühlte es sich an, als ob ich fallen würde. Meine Haare wurden mir von einem starken Wind um die Ohren geweht und mein Körper schien hinuntergezogen zu werden, als wäre eine schwere Last an mir befestigt. Auf einmal war da dieses gleißende Licht, das mich zwang, die Augen zu schließen. Irgendwann, als dieses grelle Licht nachgelassen hatte, traute ich mich wieder, hinzusehen. Ich hatte vieles erwartet, aber nicht das.

Du fragst

Lektion 3

Du kannst die Welt nicht ändern, nicht anhalten. Sie wird sich immer drehen, mit dir oder ohne dich. Entweder du läufst mit oder du bleibst stehen.

Da stand ich also, barfuß in einer Pfütze mitten im Park, die rote Jacke unter meinen linken Arm geklemmt. Wie ich meinen Standpunkt jetzt gerade beschreiben würde? Wie den Verzehr eines Schokoladenkuchens. Man freute sich auf diesen herrlichen Geschmack, in meinem Fall auf das Leben, jedoch folgte nach dem Genuss die bittere Erkenntnis. Hier waren es aber nicht die bösen Kalorien, es war die Erkenntnis, dass ich immer noch tot war.

Ich musste nicht atmen, mein Körper war bleich. Jedoch nahmen die Menschen um mich herum kaum Kenntnis davon. Ein junger Mann auf einem Fahrrad ließ sich nicht beirren, seine Runden zu drehen, und auch eine Frau mit blonden, langen Haaren und Hund schenkte mir keine Beachtung.

Das Leben hatte mir also soeben eine weitere Lektion erteilt. Es ging einfach weiter, mit mir oder ohne mich.

Seufzend machte ich einen Schritt aus der Pfütze hinaus. Noch immer leuchtete der Nagellack an meinen Füßen in einem leicht blutroten Ton. Mein Blick schweifte weiter zu einem Haufen Papier, welcher direkt neben dem Wasser lag. Ich kniete mich auf den steinigen Weg und hob die Briefe auf. Inzwischen waren sie nicht mehr ganz so weiß. Einzelne Wassertropfen hatten sich in das helle Papier gefressen und hinterließen ihre Spuren.

Und nun? Was sollte ich jetzt machen? In meiner Hand hielt ich zwar meinen Auftrag, aber meine Gedanken waren leer. Es gab zwar kleine Dinge, an die ich mich erinnerte, Gespräche, Gesichter oder auch einzelne Momente, nur nichts, was wirklich greifbar war.

Ich betrachtete noch einmal die Briefe in meinen Händen. Jeder war lediglich mit einem Namen versehen. Würden noch mehr Angaben auf ihnen stehen, wie zum Beispiel eine Adresse oder ein Bild der jeweiligen Person, wäre es um einiges leichter gewesen.

»Pass auf!« Eine hohe Stimme riss mich aus meinen Gedanken.

Ein Mädchen mit katzenhaften, grünen Augen, hellbraunem Haar, einem weißen Top und Trainingshosen rannte mich beinahe um. In ihren Ohren hingen Kopfhörer und mit ihrer linken Hand umklammerte sie ein Handy.

Ich war so überrascht, dass ich einfach mitten im Weg stehen blieb. Sie knallte gegen mich und ließ dabei ihr Smartphone fallen.

»Träumst du?«, zischte sie und zerrte sich die Kopfhörer aus den Ohren. Konnte man überhaupt träumen, wenn man tot war?

»Nein, du etwa?«, sprach ich zögerlich und hob rasch ihr Telefon auf. Es war schwarz und als ich es zu mir drehte, leuchtete das Display auf.

18. Mai, stand groß darauf. Im Hintergrund sah man einen Strand. »Haben wir heute den 18. Mai?«, fragte ich unsicher.

Sie nahm mir das Handy mit einer raschen Bewegung aus der Hand. »Typisch Blondinen! Stehen im Weg herum und wissen nicht, was wir für ein Datum haben.« Sie steckte sich eilig wieder die Kopfhörer hinein. Bevor ich sie aufhalten konnte, war sie bereits weitergelaufen.

Kopfschüttelnd zog ich mir meine rote Jacke an und steckte die Briefe vorsichtig in die linke Außentasche. Der Wind fuhr mir durch das blonde lange Haar. Wenigstens spürte ich die Kälte nicht. Ich folgte dem kleinen Pfad des Parks und erreichte bald eine dicht befahrene Hauptstraße. Von überall strömten Menschen herbei, einer hektischer als der andere. Es schien, als ob ihre Augen zwar geöffnet waren, aber sie nicht damit sehen konnten.

Ich hielt an, darauf bedacht, niemandem im Weg zu stehen, und blickte mich für eine Weile um. Ich hatte keine Ahnung, was mit meinen Erinnerungen geschehen war. Ein paar vereinzelte, wirre Bilder schwirrten in meinem Kopf herum. Jedoch war es unmöglich, sie genau zuzuordnen. Es war, als ob ich eine Art Blackout hatte. Irgendwo ganz weit hinten waren all die Erinnerungen und Geschichten. Sie schwirrten umher, nur greifen konnte ich sie nicht.

Seufzend drängte ich mich durch die Menschenmenge und überquerte die Straße, die von einer Reihe kleiner Läden gesäumt wurde. Einige davon waren mir vertraut, andere kannte ich nicht. Nur eines der Häuschen stach mir sofort ins Auge – ein kleines Café. Die Hauswände waren in einem zarten Blau gestrichen und an den Wänden hingen Tafeln mit Getränken und Speisen.

Eine Kellnerin sammelte draußen ein paar leere Gläser ein und warf mir einen flüchtigen Blick zu. Ich wusste nicht so recht, wie ich mich verhalten sollte. Ich hatte kein Geld, um mir irgendetwas zu essen zu kaufen, und bestimmt wunderte sich die Bedienung, warum ich keine Schuhe trug.

»Verzeihung, kann ich dir helfen?«, fragte mich die Frau auf einmal. Ihr rötliches Haar schimmerte im Licht.

»Dürfte ich kurz Ihre Toilette benutzen?«, sprach ich eilig. Ich wollte wissen, wie ich aussah.

»Einfach geradeaus und dann links. Du kannst es nicht verfehlen.«

Ich nickte dankbar und eilte hinein. Innen sah das kleine Café gemütlich aus. Es war hell eingerichtet und an jedem der Fenster gab es Sitzecken. Kleine Kerzen und Blumen standen überall und die Kellnerinnen trugen alle Einheitskleidung. Ich lief also geradeaus und bog dann nach links ab. Der Waschraum war klein, aber ganz im Stil der kleinen Gaststube. Überall standen Duftkerzen und verschiedene Seifen. Es roch ziemlich gut, wenn auch ein bisschen stark. Ich wollte mir gerade die Hände waschen, als mir etwas anderes auffiel.

An der Wand über dem Waschbecken gab es einen großen Spiegel. Ein paar vereinzelte Wassertropfen klebten an der Oberfläche und waren schon eingetrocknet. Wahrscheinlich würde ich jetzt den Atem anhalten, wenn noch ein bisschen Menschlichkeit in mir stecken würde. Eine völlig fremde Person blickte mir entgegen. Ich hatte eine schwarze Mähne, die sich ein wenig lockte, und dunkle Augen. Meine Haut war erschreckend blass und meine Lippen hatten einen Hauch von Dunkelrot. Ich wirkte wie Schneewittchen, allerdings die tote Version davon. Meine blonden Haare und meine graublauen Augen waren verschwunden. Wenn ich meinen Blick jedoch von dem Spiegel abwandte und an mir heruntersah, waren meine Haare blond. Das hatte der Engel also gemeint, als er sagte, niemand würde mich erkennen. Das Mädchen aus dem Park hatte mich doch blond genannt? Ich wich von dem Spiegel zurück und versuchte, nicht mehr daran zu denken. Ja, das Leben ging weiter, mit mir oder ohne mich.

Lektion 4

Du wirst dich nicht an dein gesamtes Leben erinnern können. Also behalte all die schönen Gedanken und vergiss, was dich innerlich zerbrechen lässt.

Es wurde allmählich dunkel und die meisten Menschen befanden sich in ihrem Zuhause, bei ihren Liebsten.

Ich war zurück in den Park gegangen und hatte mich direkt unter einen Baum gesetzt. Der Wind blies mir durch das Haar und ich verfolgte, wie die Sonne allmählich hinter dem Horizont verschwand. Es war komisch, aber plötzlich erschien eine Erinnerung vor meinem inneren Auge.

Als ich noch lebte, hatte ich eine Geschichte in der Schule gelesen. Die Erzählung über die Liebe zwischen Sonne und Mond.

Es war einmal vor langer Zeit, so erzählte man sich, da trafen sich Sonne und Mond zum ersten Mal. Ihre Begegnung war nur von kurzer Dauer, denn die Sonne musste untergehen, sobald der Mond auftauchte. In dieser kurzen Zeit sprachen die beiden oft miteinander, jedoch hatte der Mond kein gutes Gefühl dabei. Er mochte die Sonne und ihre helle, freundliche Art, aber er sehnte sich auch nach der Dunkelheit, die er brachte.

»Lieber Mond«, meinte die Sonne eines Tages bei einem ihrer Treffen. »Du solltest keine Angst vor unseren Gesprächen haben, denn ich bin deine Zukunft.« Der Mond schenkte ihren Worten Glauben

und von da an sahen sie sich öfter. Sie verstanden sich gut und so kam es irgendwann, dass sie sich verliebten. Keiner der beiden hielt es ohne den anderen aus und bald sahen sie sich nicht nur wenige Minuten, sondern einige Stunden. Aus den Stunden wurden Tage und aus den Tagen Wochen. Nun gab es sie nur noch im Doppelpack und die Erde fing an einzugehen. Da war weder die Nacht, in der man sich ausruhen durfte, noch der Tag, der einem beim Aufstehen half. Irgendwie war es beides und doch wieder nicht. Bald merkte der Mond, dass es so nicht weitergehen konnte.

»Liebe Sonne«, sprach er. »Du hast gesagt, du bist meine Zukunft. Nun sieh dir an, was mit der Zukunft der Erde geschieht. Die Menschen, Tiere und Pflanzen sterben wegen unserer Liebe.«

Die Sonne wurde nachdenklich und sagte: »Ich bin deine Zukunft und du meine Vergangenheit. Wenn du gehst, erscheine ich. Und wenn ich gehe, erscheinst du.«

»Was machen wir nun?«, fragte der Mond.

»Siehst du, Mond? Ab und an kommt es vor, dass zwei einfach nicht zusammen sein sollen, obwohl sie sich lieben. Denn jeder hat seinen Weg und wenn man diesen Weg nicht geht, dann ändert sich alles.« Der Mond stimmte zu und von da an sahen sich die beiden nur noch kurz. Sie waren zufrieden und traurig zugleich. Doch sie wussten, dass man manchmal einfach nicht zusammengehörte, egal, wie sehr man sich liebte. Denn ab und zu hatte das Universum andere Pläne.

»Hallo.«

Etwas überrascht blickte ich hoch. Da stand dieses Mädchen mit den katzenhaften, grünen Augen.

»Hältst du dich den ganzen Tag hier auf?“, fragte sie. Noch immer trug sie Sportbekleidung, wirkte jedoch überhaupt nicht außer Atem.

»Ich wüsste nicht, dass das verboten ist«, antwortete ich ihr eine Spur schärfer als beabsichtigt. Ich hatte keine Ahnung, was sie von mir wollte.

»Sie schließen den Park meist gegen acht Uhr abends. Das wollte ich dir nur mitteilen«, erwiderte sie und steckte sich ihre Kopfhörer in die Ohren. Ich nickte und blickte auf meine blonden Strähnen. Augenblicklich kam mir die Begebenheit mit dem Spiegel in den Sinn.

»Warte!«, rief ich, ehe sie verschwinden konnte. Hastig stand ich auf.

»Ja?« Sie kniff ihre Katzenaugen zusammen.

»Du sagtest, ich sei blond.« Ich hielt inne und wartete auf ihre Antwort. Doch mehr als einen verwirrten Blick erhielt ich nicht.

»Worauf ich hinauswill … Meine Haare sind hell, oder?«, hakte ich nach.

»Ich habe keine Ahnung, wie du es bezeichnen würdest, aber ja, sie sind ziemlich hell.« Sie schüttelte den Kopf.

Wie viele Chancen man wohl bekam, um etwas geradezubiegen, bevor es endgültig vorbei war? Vielleicht war das ein Zeichen, vielleicht könnte sie mir mit den Briefen helfen, und vielleicht würde ich dann erfahren, wie ich gestorben war.

»Also kein Schwarz?«

»Schwarz? Mädchen, du scheinst verwirrt zu sein.«

Verwirrt nicht, aber tot.

»Ich bin nicht verwirrt, ich kann sehr wohl klar denken«, gab ich als Antwort.

»Wie ist überhaupt dein Name? Ich habe dich hier noch nie gesehen.«

Das Mädchen mit den braunen Haaren schien immer misstrauischer zu werden. Sie runzelte ihre Stirn und verschränkte die Arme demonstrativ vor der Brust. So, wie es aussah, würde sie mir nicht helfen.

»Mein Name …« Da wären wir bei meinem Problem Nummer eins. Ich brauchte einen Namen, und zwar schnell.

»Ja, dein Name.«

»Ehm, Mai.« Das war das Einzige, das mir auf die Schnelle eingefallen war. Der aktuelle Monat.

»Wie der Monat?« Sie hob erstaunt die Augenbrauen.

»Wie der Monat. Ja, genau.« Ich verhielt mich so, als ob jeder mir diese Frage stellen würde, und zuckte beiläufig mit den Schultern.

»Wenn wir schon dabei sind, uns kennenzulernen, kommt dir einer dieser Namen bekannt vor?« Ich kramte die Briefe aus meiner Tasche hervor und hielt sie ihr vor die Nase. Zögerlich nahm sie mir die weißen Umschläge aus der Hand. Sie las jeden Namen aufmerksam, warf mir aber immer wieder fragende Blicke zu.

»Das sind alles gewöhnliche Namen, von denen gibt es bestimmt einige hier. Aber vielleicht kenne ich diesen hier.« Sie streckte mir einen Brief entgegen, das stark mitgenommen aussah. Es hatte Falten und das Wasser der Pfütze hatte dunkle Flecken hinterlassen. Ich griff danach und las, was dort stand.

Savia

»Ich glaube, ein Mädchen, das so heißt, besucht einen Kurs an meiner Schule.«

»Du glaubst?« Meine Stimme glich dem Piepsen einer Maus.

»Ich bin neu hierhergezogen, außerdem stehen hier nur die Vornamen darauf. Warum fragst du?«

Ja, warum eigentlich? Weil ich keinen blassen Schimmer hatte, wer diese Leute waren. Jedoch schienen sie alle eine wichtige Rolle in meinem Leben gespielt zu haben.

Lektion 5

Lasse niemals düstere Schatten über deine Augen wandern. Das Leben ist viel zu kurz für solch trübe Momente.

»Ich warte …«, meinte das Mädchen und begann auf ihrem Handy herumzudrücken.

Es wurde immer düsterer um uns herum. *Wie spät es wohl war?*

»Ich komme nicht von hier«, sprach ich. »Ich habe diese Briefe gefunden und möchte sie gerne den rechtmäßigen Besitzern geben.« Eine Lüge nach der anderen kam mir problemlos über die Lippen.

Der starke Wind wirbelte ihre braunen Haare um ihr Gesicht. Jedoch schien sie das kaum zu stören. Sie verstaute ihr Mobiltelefon wieder in ihrer Hosentasche und sah auf. Für einen kurzen Moment kniff sie die Augen zusammen. Sie glaubte mir nicht.

»Du scheinst echt seltsam zu sein«, murmelte sie und blickte an mir vorbei in die Dunkelheit.

Du ahnst ja gar nicht, wie seltsam.

»Und deine Augen sehen aus wie die einer Katze«, antwortete ich und verschränkte die Arme vor der Brust.

Das Mädchen stieß ein Lachen aus und schüttelte den Kopf. »Wie wäre es, wenn du diese Briefe liest? Vielleicht erfährst du dann mehr.«

Darüber hatte ich ehrlich gesagt noch gar nicht nachgedacht, aber irgendwie fühlte sich das falsch an. Möglicherweise lag es auch nur an meiner Angst, die sich direkt neben meinem nicht schlagenden Herzen eingenistet hatte. Ich hatte Angst, dass irgendetwas passiert war, etwas Schreckliches, das mich alle anderen Dinge vergessen ließ. Diese Briefe wollte ich nicht lesen. Ich wollte nicht in der Vergangenheit herumstochern.

»Nein … «, meinte ich also. Der Wind wurde immer kräftiger, jedoch schien es, als würden sich meine Haare kaum bewegen.

»Ich denke, ich kenne diese Savia. Mit ihr kann ich dir helfen, von dem Rest habe ich keine Ahnung.« Sie zuckte mit den Schultern.

»Das ist schon mal ein Anfang.« Ich fühlte mich ein wenig besser.

»Ich gebe dir meine Nummer, dann kannst du mir schreiben.« Sie fischte ihr Handy wieder hervor.

»Ich habe kein Telefon.«

»Komm einfach morgen zur Baiden Street 24. Dort steht die Schule. Gegen zwölf Uhr habe ich Mittagspause.«

»Gut, dann bis dahin.« Ich nickte.

Sie verschwand ziemlich schnell in der Dunkelheit und erst da wurde mir bewusst, dass ich ihren Namen gar nicht kannte. Nach wem sollte ich also fragen? Ich seufzte und schlenderte durch die kühle Nacht.

Der Mond leuchtete inzwischen hell und tausende winzige Sterne funkelten und rundeten damit das Gemälde am Himmel ab. Ich spazierte immer weiter durch den Park und ließ meine Gedanken schweifen.

Alles hatte eine Bedeutung. Alles hatte einen Grund. Man vergaß die Milch, flitzte zum Supermarkt und starb, weil man von einem Auto überfahren worden war. *Schrecklich nicht wahr?*

Für einen kurzen Moment erschien eine weitere Rückblende vor meinen Augen. Es waren bunte Bilder, aber dennoch ergaben sie keinen Sinn. Ich war schon einmal hier gewesen, nachts, mit Freunden. Jedoch erkannte ich sie nicht. Wir hatten gelacht und sogar ein kleines Lagerfeuer gemacht. Anscheinend hatte sich niemand Gedanken gemacht, dass um acht Uhr abends der Park geschlossen wurde. So schnell, wie meine Erinnerung gekommen war, war sie auch wieder verschwunden.

Dank dem Licht des Mondes sah ich wenigstens noch, wohin mich meine Füße trugen. Der Weg wurde weiter vorne etwas schmaler und irgendwann kam ich zu einer kleinen Brücke. Sie war aus Holz und vielleicht sechs Meter lang. Das Plätschern eines Flusses drang leise an meine Ohren und eine Laterne tauchte den Weg in sanftes Licht. Pflanzen schlängelten sich über die Brückenwand.

Ganz behutsam legte ich die linke Hand auf das Geländer und lief auf die andere Seite. Das Rauschen des Wassers schwoll an. Ich wagte einen Blick nach unten, aber mehr als ein endlos wirkendes Schwarz konnte ich nicht ausmachen. Die Laterne flackerte und es würde sicher nicht lange dauern, bis sie den Geist aufgab.

Ich blieb noch eine Weile so stehen und blickte in die Tiefe. Dieser Ort hatte etwas Beruhigendes an sich. Ja, vielleicht war er ein wenig unheimlich und könnte genauso gut aus einem Horrorstreifen stammen, dennoch fühlte ich mich eigenartig frei. Selbst das Stottern der Laterne beunruhigte mich kein bisschen.

Ich lief weiter auf das Ende der Brücke zu. Erneut überkamen mich Bilder, die offensichtlich aus meiner Vergangenheit stammten.

Es war tiefste Nacht und der Mond war klein und unbedeutend. Die Laterne strahlte dafür heller als jetzt. Ich befand mich wieder auf der Brücke und blickte hinunter.

»Willst du nicht zurückkommen? Die anderen warten«, fragte eine helle Stimme. Ich drehte mich langsam um und sah in das Gesicht eines Mädchens mit ebenso blonden Haaren wie meine.

»Nein, geh du ruhig ohne mich. Ich will das hier genießen«, erwiderte ich lächelnd.

»Hast du keine Bedenken? Es ist dunkel hier draußen und Jason meinte, dass hier schon mal jemand umgekommen wäre.« Ihre Augen blickten unruhig hin und her.

»Jason wollte dir nur Angst machen, damit du näher an ihn heranrückst.« Ich blickte wieder hinunter in die Tiefe. »Gib mir zwei Minuten, dann komme ich«,

fügte ich hinzu. Ihre Schritte entfernten sich leise. Zurück blieb nur das Plätschern des Baches. Sie würde niemals verstehen, dass ich einfach einen Moment der Stille haben wollte. Wir sollten sie genießen, solange sie noch freiwillig war.

Ich blinzelte etwas verwirrt und warf dann einen Blick zurück. Doch dort stand niemand. Kein Mädchen mit blonden Haaren und auch sonst war keine Menschenseele hier. Die Laterne gab nun endgültig auf und ich wartete nur darauf, dass mich die schwarze Dunkelheit umhüllte. Doch dem war nicht so. Zum einen war der Schein des Mondes und zum anderen war da ein Licht. Ein kleines, schwaches Leuchten wie ein Feuer, das sich im Winde hin und her bewegte. Es kam von der anderen Seite der Brücke und wurde erst sichtbar, als ich mich tiefer hinabbeugte. Es schien fast so, als ob jemand unten bei der Brücke ein Feuer entzündet hatte.

Wieso hatte ich das vorhin nicht erkannt? Wahrscheinlich wegen des Lichtes der Laterne. Ich betrat das andere Ende der Brücke und blickte dort hinab. Es ging steil hinunter und leider sah man nicht wirklich viel. Ich streckte mich ein wenig und versuchte mehr zu erkennen.

»Kann ich dir helfen?«

Lektion 6

Traue niemandem, nicht einmal einem Raben. Manchmal wissen bestimmte Lebewesen mehr über dich, als du denkst.

Ein Junge mit dunklem, dichtem Haar stand neben mir. Er musste sich unbemerkt angeschlichen haben. Das Licht des Mondes ließ seine Augen seltsam aufleuchten und seine Haut war bleich. Beinahe würde ich vermuten, auch er wäre tot, doch seine Brust hob und senkte sich unter seinen gleichmäßigen Atemzügen.

»Kann ich dir helfen?«, wiederholte er.

»Ich wollte mich nur umsehen.«

»Wir sind hier nicht in einem Einkaufszentrum.« Er schüttelte den Kopf.

»Das wäre mir niemals in den Sinn gekommen.«

»Normalerweise treiben sich kleine Mädchen nicht so spät hier herum. Der Park ist geschlossen.«

Mir entging nicht, dass er mich misstrauisch betrachtete.

»Gegenfrage. Was treibt dich hierher, so spät abends?« Ich steckte meine Hände in die Jackentaschen und gleich darauf kamen mir die Briefe in den Sinn. Es fühlte sich immer noch unwirklich an, als meine Finger zaghaft das Papier berührten.

»Ich wohne hier«, sprach er kühl, und lief den Hang hinab zu der Feuerstelle. Das Rauschen des Flusses wurde lauter.

»Du wohnst hier?«, fragte ich verwirrt. Doch er gab mir keine Antwort. Sollte ich ihm folgen? Ich dachte darüber gar nicht lange nach, sondern eilte hinterher. Das Gras unter mir war fast so lang wie meine Beine. Diese trugen mich immer weiter hinunter und anstatt so geschmeidig über den Abhang zu wandern wie er, bremsten meine Füße erst, als ich im Wasser stand.

Das Wasser war kalt und reichte bis zu meinen Knöcheln. Im Licht sah man deutlich, dass das flüssige Blau immer tiefer wurde, je weiter man voranschritt.

Ich stand in dem Wasser und blickte zur Sonne. Ich wusste nicht, wie lange ich schon in Gedanken versunken hier stand. Die Kälte ließ meine Füße beinahe taub werden, doch das war mir egal.

»Mutter will, dass wir nach Hause kommen.«

Überrascht drehte ich mich um. Schon wieder stand das Mädchen mit den blonden Haaren hinter mir. Sie musterte das Wasser kritisch.

»Komme«, rief ich und bewegte mich aus dem kühlen Nass.

»Wo sind deine Schuhe?«, sprach das Mädchen. Noch immer betrachtete sie das Wasser, als ob dort ein Monster mit drei Augen leben würde.

»Ich brauche keine«, erwiderte ich lachend.

»Stimmt etwas nicht?«, fragte der Junge. Er war wieder neben mich getreten und sah mich auf eine eigenartige Art und Weise an. In seinen dunklen Augen lag etwas, das ich nicht wirklich deuten konnte. Ich blinzelte die Erinnerung weg und schritt aus dem Fluss. Beinahe wäre ich dabei hingefallen, doch er hielt mich gerade noch rechtzeitig am Arm fest.

Eine eigenartige Kälte kroch meinen Arm hoch und schnell befreite ich mich aus seinem Griff.

»Mir war warm, das ist alles«, sprach ich und blickte an ihm vorbei. Tatsächlich brannte dort ein Lagerfeuer. Es gab unter der Brücke eine trockene Stelle, rundherum wuchsen Pflanzen und neben den Flammen lagen Decken.

»Wir haben vier Grad. Als ›warm‹ würde ich das nicht bezeichnen, aber du spürst davon ja anscheinend nichts.« Er deutete auf meine rote Jacke.

»Wie heißt du überhaupt?« Er lief wieder zurück zum Feuer, das vom Wind verzerrt flackerte.

»Mai.«

»Wie der Monat?«

»Ja.«

Er nickte und auf einmal schwiegen wir beide. Ich hatte keine Ahnung, was ich hier tat.

»Bist du von zu Hause abgehauen?«, versuchte ich es nach einer Weile, als die Stille unerträglich wurde. Schlimmer als all die offenen Fragen in meinem Kopf. Er hatte sich neben das Feuer gesetzt und starrte hinaus auf das Wasser. Ein verhaltenes Lächeln stahl sich auf seine Lippen.

»Dasselbe könnte ich dich fragen.« Er sah mir abermals direkt in die Augen. Da war sie wieder, diese Kälte, die in seinem Blick aufflackerte.

»Ich habe einen Nachtspaziergang gemacht und die Zeit dabei vergessen«, sprach ich.

»Ohne Schuhe?« Misstrauisch hob er eine Augenbraue.

Verflucht …

»Ja, ohne Schuhe.«

Er wandte den Blick ab.

Normalerweise würde ich mich umdrehen und irgendwo anders hinlaufen, jedoch wusste ich nicht, wohin.

»Wie ist überhaupt dein Name?« Ich wagte mich näher an das Feuer heran. Dunkle Wolken hatten sich auf einmal vor den Mond geschoben.

»Raven.«

»Wie der Rabe? Das ist doch kein Name.« Ich schüttelte den Kopf.

»Mai ist auch nicht dein richtiger Name.« Er hatte wieder dieses seltsame Lächeln aufgesetzt.

Der Himmel schien zu beben, als wäre der Weltuntergang nahe, und auf einmal landeten winzige Wassertropfen neben mir. Ich schob mich ein wenig tiefer in den Unterschlupf hinein und sah zum

Himmel hoch. Ein Gewitter – das hatte mir gerade gefehlt! Nur ein paar Tropfen, und meine letzten Existenzbeweise würden sich unter meinen Fingern auflösen. Ich tastete nach den Briefen, um sicher zu gehen, dass sie noch da waren.

»Vielleicht kannst du mir behilflich sein.« Ich zog die Umschläge hervor und streckte sie ihm hin. Jedoch schien er kein bisschen überrascht zu sein.

»Kennst du jemanden hiervon?«

Er nahm sie in die Hand und studierte jeden Namen eingehend. Nach einer Weile schüttelte er den Kopf. Der Regen um uns wurde stetig stärker und ich befürchtete schon, dass das Wasser anstieg.

»Ich kenne keinen davon, aber ich glaube, du tust es.« Er gab mir die Briefe zurück.

»Wenn ich es wüsste, dann würde ich nicht fragen«, murmelte ich leicht bissig.

Er schenkte mir dafür wieder nur ein Grinsen. Raven hatte etwas Seltsames, Eigenartiges an sich. Raven war wie der Schwarze Mann, vor dem die Eltern ihre Kinder warnten. Es fehlten lediglich die spitzen Zähne eines Vampirs. Ohne dass ich es wollte, stieß ich ein Lachen aus. Die Vorstellung war zu komisch. Am Ende würde seine blasse Haut genauso glitzern wie die von Edward aus Twilight.

»Ich weiß nur zwei Sachen über Menschen, die plötzlich lachen. Entweder sind sie verrückt oder sie sind auf dem besten Weg dorthin.« Sein Blick war auf das Feuer gerichtet. Inzwischen hatte der Regen nachgelassen und ich klammerte mich nicht mehr an die Briefe.

»Sagt der Junge, der aussieht wie ein Vampir.«

»Vielleicht bin ich ja einer«, erwiderte er gelassen.

»Vampire gibt es nicht.«

»Tote Menschen, die zurück auf die Erde kommen, um Briefe zu verteilen, sollte es auch nicht geben.« Diesmal sah er mir wieder direkt in die Augen. Plötzlich spürte ich erneut diese seltsame Kälte. Was wusste er noch über mich?

Lektion 7

Nimm dir Zeit für dich, denke nach und tue was du willst. Es ist dein Leben und du entscheidest. Vergiss das nicht!

Die Nacht verging und mit ihr verschwanden die dunklen Schatten. Der Regen hatte mittlerweile aufgehört und schon bald wurde die Stille von fröhlichem Vogelgesang durchbrochen. Ich saß auf der Brücke, die Beine zwischen den Holzpfeilern durchgesteckt, und blickte angestrengt auf das Wasser.

Ich hatte kein Wort mehr mit diesem sonderbaren Jungen gewechselt und war kurz nach seiner beunruhigenden Aussage hier hoch verschwunden. Meine Gedanken schweiften trotzdem ab, zurück zu ihm, was er wohl gerade tat?

Wann hatte ich mir zuletzt Zeit genommen? Ich meine wirklich Zeit nur für mich. Wann hatte ich mich einmal nur für mich irgendwo hingesetzt und über das Leben nachgedacht? Ich stand langsam auf und folgte dem Weg zurück zum Anfang des Parks. Vereinzelte Menschen joggten ihre Runden, schenkten mir jedoch wie gewohnt keine Beachtung. Ich hatte kaum ein Auge zugetan, aber müde war ich nicht. Wenigstens einen Vorteil hatte der Tod.

Die Sonne stand hoch am Himmel und es war nicht eine einzige Wolke zu sehen. Ein Hund rannte über die Wiese und jagte einem Ball hinterher. Alles in allem war es ein wunderschöner Tag, hätte mich dieser Fahrradfahrer nicht beinahe über den Haufen gefahren.

Ich war gerade noch in der Lage, zur Seite zu springen, ehe der Kerl mich mit seinem Drahtesel zu Boden befördern konnte.

»Passen Sie auf!«, rief ich ihm nach, aber er drehte sich nicht einmal um.

Ich seufzte laut auf und setzte meinen Weg fort. Zwar hatte ich keine Ahnung, wie spät es wirklich war, jedoch befand sich die Sonne im Süden. Also war es Mittag.

Im Osten geht die Sonne auf.
Im Süden nimmt sie ihren Lauf.
Im Westen will sie untergehen.
Im Norden ist sie nie zu sehen.

Wenigstens daran konnte ich mich noch aus der Schulzeit erinnern. Ich sollte mich beeilen und die Schule so schnell wie möglich finden.

Meine Schritte trugen mich aus dem Park in die Stadt. Autoschlangen drängten sich vor meinen Augen, vereinzelte Fahrradfahrer quetschten sich durch die Menge und balancierten alarmierend nahe an den Fahrzeugen vorbei.

»So weit, so gut«, sprach ich mit mir selbst und blickte auf die dicht befahrene Fahrbahn. Neben mir lief eine blonde Dame vorbei. Sie war spindeldürr und hatte einen winzigen Hund auf ihrem Arm. Passend zum Wetter trug sie ein sonnengelbes Kleid und einen Strohhut.

»Verzeihen Sie!«, rief ich und eilte ihr nach. Ihr Hund bellte und seine dunklen Augen musterten mich eindringlich. Aber davon ließ ich mich nicht beeindrucken. Die Dame drehte sich langsam um und sah mich an.

»Könnten Sie mir vielleicht helfen? Ich suche die Baiden Street 24.«

»Liebes, du bist ja ganz bleich.« Erschrocken weiteten sich ihre Augen.

Das haben Tote so an sich …

»Sie würden sich wundern, wie viele Menschen das schon zu mir gesagt haben.« Ich versuchte aufmunternd zu lächeln.

Der Hund gab einfach keine Ruhe und kläffte, als ginge es um sein Leben. Die Frau schien dies gewöhnt zu sein und ignorierte die Pelzkugel auf vier Beinen.

»Die Schule liegt gleich hinter der Abzweigung«, murmelte sie und schüttelte ununterbrochen den Kopf. Ihre rosafarbenen Lippen waren zu einem dünnen Strich zusammengekniffen.

»Lieben Dank«, erwiderte ich und drückte mich eilig an ihr vorbei. Leider war mein Schein-Ich ziemlich bleich und so wirkte meine Erscheinung mit den schwarzen Haaren nur noch extremer. Meine nackten Füße trugen mich durch die Straßen. Tatsächlich tauchte nach der Gabelung ein großes, rotes Gebäude auf. Rundherum war ein Zaun aufgebaut, was dem Bau eher den Hauch eines Gefängnisses verlieh. Die Fenster der Schule waren weit geöffnet und auch die Türen standen offen. Einige Personen hatten sich auf dem Pausenhof versammelt und umso näher ich kam, umso lauter wurden die Stimmen.

Es war zwar Mitte Mai und die Sonne stand hoch am Himmel, jedoch waren die Temperaturen nicht gerade sommerlich. Trotzdem liefen einige der Schülerinnen in knappen Hotpants und bauchfreien Tops herum.

Ich stellte mich direkt vor den hohen Zaun, in der Nähe des Eingangs. Ich wartete und je länger ich da rumstand, desto nachdenklicher wurde ich. Auch hier war ich bereits gewesen …

Ich stand direkt neben dem Eingang und blickte mich um. Aus irgendeinem Grund zögerte ich.

»Kommst du nicht mit?«, fragte eine Stimme. Wie erwartet war das Mädchen mit den blonden Haaren dicht hinter mir. Erst jetzt fiel mir auf, wie ähnlich wir uns sahen.

»Ich weiß es nicht.«

»Komm, gemeinsam schaffen wir das. Dafür sind Schwestern da.« Sie lächelte und griff nach meiner Hand. Langsam folgte ich ihr über den Platz. Die meisten

Schüler waren bereits reingegangen und nur ein kleiner Rest befand sich noch draußen. Ein Junge erregte meine Aufmerksamkeit. Er hatte blondes Haar, eine Zigarette zwischen die Finger geklemmt und sprach gerade mit einer jungen Frau. Für einen kurzen Moment drehte er den Kopf in meine Richtung, sodass sich unsere Blicke trafen. Nach einigen Sekunden, welche mir wie Minuten vorkamen, wandte er sich einfach wieder der jungen Frau zu und lachte über irgendetwas, das sie gesagt hatte. In meiner Brust machte sich ein leichtes Ziehen bemerkbar.

»Ich dachte, du wärst anders, Leo.« Das Mädchen, dessen Hand ich noch immer umklammerte, schüttelte den Kopf. Sie war wütend auf diesen Leo.

Leo …

Überrascht öffnete ich die Augen. Der Name kam mir so bekannt vor. Und nun war mir auch klar, wer dieses Mädchen mit den blonden Haaren war … *meine Schwester.*

Bevor ich weitere Überlegungen anstellen konnte, tauchte das Mädchen aus dem Park auf. Sie lief durch die Schülermenge und hatte ihre laubbraune Umhängetasche fest an sich gepresst. Dazu trug sie einfache Jeans und eine dunkle Jacke. Die braune Mähne war zu einem Zopf hochgebunden.

»Es ist zwar nicht zwölf Uhr, aber ich habe dich vom Fenster aus gesehen.« Sie lächelte, während ich in Gedanken noch immer bei meiner Schwester war.

Lektion 8

Was ist sie? Die Trauer? Sie ist nicht wie die Liebe, die uns hoffen lässt, oder wie der Hass, der uns durstig macht. Nein, die Trauer verändert uns und lässt uns erkennen, dass wir vielleicht einen neuen Weg gehen sollten.

»Erde an Mai?«

Ich blinzelte kurz und sah in grüne Augen.

»Verzeihung«, wisperte ich und schüttelte den Kopf. Was ich damit bezwecken wollte, wusste ich selbst nicht. Vielleicht wollte ich all diese Erinnerungen loswerden.

»Also, ich weiß nicht, ob diese Savia deine Savia ist, doch ein Mädchen mit diesem Namen besucht einen Kurs an der Schule. Okay, jetzt bin selbst ich verwirrt.« Sie lächelte.

Einige Schüler warfen uns neugierige Blicke zu.

»Und wie soll das ablaufen?«, fragte ich etwas leiser.

»Wir gehen rein, ich stelle dir Savia vor, du gibst ihr den Brief, wir spazieren hinaus und die Geschichte ist erledigt.« Sie wirkte ziemlich zuversichtlich.

»Warum hilfst du mir eigentlich? Ich kenne nicht einmal deinen Namen«, sprach ich plötzlich und obwohl ich nicht wusste, weshalb mir diese Worte soeben aus dem Mund gepurzelt waren, doch es war zu spät. Wahrscheinlich suchte ich einfach nach irgendeiner Ausrede, um meiner Schwester nicht so schnell entgegentreten zu müssen. Falls es sich denn wirklich um meine Schwester handeln sollte.

»Naoma. Freut mich, Mai.« Sie verbeugte sich, wobei ihre braune Umhängetasche auf den Boden rutschte.

»Und zu deiner anderen Frage … Irgendetwas verbirgst du. Ich meine, es ist doch nicht normal, dass ein Mädchen wie aus dem Nichts kommt und Briefe verteilen will. Das ist irgendwie geheimnisvoll und ich möchte der Lösung auf den Grund gehen. Noch Fragen?«

Ein wenig überrascht sah ich sie an. Das hatte ich nicht erwartet.

»Und ja, ich lese zu viele Bücher. Meine Fantasie ist also nicht begrenzt.« Sie schnappte sich ihre Tasche und lief voraus. Nach einer Weile drehte sie sich um und sah zu mir.

»Kommst du?«, fragte Naoma.

Ich nickte eilig und hetzte ihr nach, den Brief für meine Schwester in meiner Hand. Vielleicht hätte ich ihn doch mal durchlesen sollen, womöglich hatte ich irgendetwas Eigenartiges geschrieben.

Während wir die breite Treppe zur Schule hochliefen und das Innere des Gebäudes betraten, blickte ich mich um. Erkannte ich echt irgendjemanden?

»Die Tür!«

Zu spät. Ich konnte nicht mehr rechtzeitig ausweichen und schaffte es tatsächlich, in die Glasscheibe zu knallen. Seitdem ich tot war, war ich unglaublich tollpatschig. Lag es an den vielen verwirrenden Gedanken, die mir ständig im Kopf herumgeisterten? Ich seufzte und schob die Tür wieder auf.

»Alles in Ordnung?«, fragte Naoma.

Ich rieb meine Nase und nickte. Wie sollte ich ihr denn auch erklären, dass ich keine Schmerzen spürte?

Einige der Schüler trieben sich auf den Fluren herum und drehten ihre Köpfe interessiert in unsere Richtung. Kein Licht brannte, nur vereinzelte Sonnenstrahlen stahlen sich durch die Fenster und warfen helle Lichtpunkte auf den Boden.

Mit jedem weiteren Schritt fühlte ich mich unbehaglicher.

»Verrätst du mir irgendwann dein Geheimnis?«, fragte Naoma und sah zu mir nach hinten.

»Vielleicht«, antwortete ich und wich einigen Blicken aus.

»Warum starren die alle so?«, flüsterte ich.

»Weil du die erste lebende Person bist, die mit mir spricht.« Sie grinste, während sie ihre Augen zusammen kniff.

»Lebend?« *Nun ja – wie man's nimmt …* »Warum denn das?«

»Ich bin die Neue hier. Als ich ankam, wollte keiner etwas mit mir zu tun haben. Wahrscheinlich überrascht es sie, dass ich Freunde finden kann.« Sie zuckte mit den Schultern.

»Tut mir leid«, war alles, was mir dazu einfiel.

»Das ist schon in Ordnung. Ich mache in meiner Freizeit viel Sport, gehe in den Park und lese eine Menge. Ich kann mich ganz gut alleine beschäftigen.«

Dieses Mädchen war definitiv anders, als ich gedacht hatte. Wäre sie in meiner Lage, würde sie die Personen womöglich innerhalb weniger Minuten ausfindig machen und ihnen zielstrebig die Briefe überreichen.

»Wie ist sie so?«, versuchte ich, ein neues Gespräch anzufangen, und sah mich ein wenig um.

Vereinzelt waren an den weißen Wänden Garderobenhaken angebracht, an denen man seine Jacken aufhängen konnte, allerdings hingen keine Kleidungsstücke daran. Durch die Glasfenster fiel Licht herein und machte den Staub sichtbar, der hier und da herumschwirrte. Diese Schule wirkte verlassen.

Am Ende des Flurs erschien eine große, braune Tür und Naoma lief langsamer.

»Savia?«, fragte sie und blieb vor der Tür stehen. Eine Zahl stand auf dem Holz, jedoch konnte man sie kaum erkennen.

Ich nickte und warf einen Blick aus einem der Glasfenster. Es war, wie Naoma gesagt hatte, man konnte von hier aus den Schulhof sehen.

»Ich kenne sie kaum. Sie ist blond und irgendwie hat sie deine Augen. Was natürlich verrückt ist …« Sie lachte auf, hielt aber inne, als sie merkte, dass ich nicht in Gelächter ausbrach.

»Oder?«, hakte sie etwas zweifelnd nach. Nun blickte Naoma besorgt.

Ich gab keine Antwort darauf, sondern blickte immer noch aus dem Fenster.

»Sie ist nett, besucht hier eine Weiterbildung und hat als einzige Person ab und zu ein Wort mit mir gewechselt. Außerdem ist sie ziemlich gut in Kunst. Sie malt wunderbare Gemälde und verbringt die meiste Zeit damit. Die Lehrer lieben sie. Es scheint beinahe so, als ob sie einfach in allem gut wäre. Sie ist für viele ein Vorbild.« Naomas grüne Augen blitzten belustigt auf.

Unbewusst lächelte ich.

»Was hältst du davon, wenn ich dir etwas Tolles zeige, nachdem wir die Briefe verteilt haben?«

»Das klingt nach einem super Plan.« Wieder lächelte ich. Und irgendwie spürte ich eine eigenartige Wärme, die mich umgab. Vielleicht fühlte sich so Glück an?

»Aber zuerst sollte ich das hier hinter mich bringen.« Ich schloss kurz die Augen und zeigte dann auf die Tür.

»Ich hole sie schnell, nur einen Augenblick.« Naoma öffnete ruckartig die Tür und verschwand anschließend im Inneren des Raumes.

Ich lehnte mich an die weiße, kahle Wand und sah auf meine Füße hinab. Ein wenig von dem Nagellack war abgeblättert, doch das Rot leuchtete noch immer.

Die Stille wurde plötzlich durch das Öffnen einer Tür durchbrochen. Ich zuckte zusammen. Ganz langsam blickte ich wieder auf, den Brief fest umklammert.

Naoma stand vor der Tür und zog sie langsam zu. Sie lächelte mich aufmunternd an, aber mein Blick wanderte augenblicklich zu der Person neben ihr.

Das war das erste Mal seit langem, dass ich nach Luft schnappte.

Da war das Mädchen aus meinen Erinnerungen, doch bis auf ihre Augen war sie nicht mehr dieselbe. Ihre blonden Haare waren kurz geschnitten und wirkten beinahe so, als ob sie selbst Hand angelegt hätte. Unter ihren hellen Augen lagen dunkle Schatten und sie trug ein langes, weißes Shirt, das überall mit Farbe besprenkelt war. Ihre Hose war blau und ebenfalls voller Kleckse. Dazu hatte sie schwarze Stiefel an, die viel zu groß zu sein schienen.

»Ja?«, fragte sie mit derselben Stimme wie aus meinen Gedanken.

Sie sah mir direkt in die Augen und auf einmal fühlte ich mich, als würde ich mit einer Achterbahn durch einen Looping rasen. Wie mit einem Schnellzug kamen all die Erinnerungen wieder. Jeder einzelne Augenblick drängte sich an die Oberfläche meines Bewusstseins.

Genau in diesem Moment schob sich eine dicke Wolke vor die Sonne, denn blitzartig verdunkelte sich mein Blickfeld. Die Dunkelheit tauchte alles in düstere Schatten und irgendwo dazwischen befand sich die Wahrheit. Eine Wahrheit, die ich hoffentlich bald herausfinden würde.

Lektion 9

Priorität Nummer eins bist du selbst. Denke an andere und handle weise, aber vergiss nie, dass du immer zuerst auf dich achten solltest. Herzen sind nur aus Glas, und es reicht ein Windstoß, um sie zerbrechen zu lassen.

Schon seit ich klein war, hatte meine ältere Schwester diesen typischen Beschützerinstinkt gehabt. Sie war ständig um mich herumgeschwirrt, wie eines dieser lästigen Moskitos im Sommer. Es war kein Tag vergangen, an dem sie mich nicht gefragt hatte, was ich nach der Schule vorhatte und wer meine Freunde waren. Sie hatte mir ihre neuen Jeans geliehen, wenn meine alten wieder voller Löcher gewesen waren, mir einen roten Lippenstift geschenkt, als ich mein erstes Date gehabt hatte, mir jedes Mal Popcorn gekauft, wenn wir ins Kino gegangen waren und mir geholfen, Unterschriften zu fälschen, wenn ich eine schlechte Note geschrieben hatte.

Ja, Savia war in den Augen vieler perfekt gewesen. Sie hatte ihre Freizeit mit freiwilliger Arbeit verbracht oder ab und zu ein verwahrlostes Tier zu Hause aufgenommen. Sie hatte Kuchen für die Nachbarschaft gebacken und stets darauf geachtet, dass ihre weiße Kleidung niemals dreckig wurde. Ihr Lächeln hätte für Zahnpasta werben können und ihr Haar war im Gegensatz zu meinem nicht ganz so störrisch gewesen. Die Mädchen hatten sie um ihre engelsgleiche Art beneidet und die Jungs sich reihenweise in sie verliebt.

Jeder hatte gedacht, sie sei makellos. Niemand hatte ihre Ecken und Kanten gekannt – bis auf mich. Ich hatte gewusst, dass sie die

Dunkelheit fürchtete, dass sie manchmal laut werden konnte, dass sie und Mam kaum miteinander auskamen und ständig wegen Geld oder dem Chaos in ihrem Zimmer stritten. Oft hatte meine Schwester kein Geld mehr gehabt, weil sie es für teure Kleider ausgegeben hatte.

Sie hatte selten jemanden an sich herangelassen und immer gesagt, es ginge ihr gut. Doch selbst ich hatte gewusst, dass meine Schwester irgendwann an sich selbst zerbrechen würde. Wie ein Spiegel oder eine Vase aus Glas. Dunkle Schatten hatten ihre Augen immer stärker getrübt und Menschen, die sie wirklich gekannt hatten, hatten gewusst, dass ihr Lächeln nicht mehr echt gewesen war.

Savia hatte stets auf andere geachtet, sich viel daraus gemacht, was andere von ihr dachten und irgendwann im Sommer war sie wirklich zerbrochen. Sie hatte ihre Koffer gepackt, nicht viel gesagt und war gegangen. Verbracht hatte sie die Zeit im Ausland, war gereist, um neue Sprachen zu lernen. Das Geld hatte sie Mam gestohlen und als diese es herausgefunden hatte, hatte es mächtig Ärger gegeben.

Savia war wieder zurückgekommen, hatte sich einen Job besorgt und so viel Geld wie möglich aufgetrieben, um bald darauf in eine Wohngemeinschaft zu ziehen. Irgendwann hatte sie dann wieder angefangen, zur Schule zu gehen, hatte eine Weiterbildung in Kunst besucht und das getan, was sie schon immer gewollt hatte.

Ein Räuspern unterbrach den Erinnerungsfluss, der gerade mein Gehirn überflutete. Ich wusste nicht, wie lange ich einfach nur dagestanden und meine Schwester angestarrt hatte. Im Zwiespalt, sie zu umarmen oder ihr einfach die Hand zu geben, entschied ich mich gegen beides.

Das Mädchen vor mir, mit den kurzen blonden Haaren, sah ihr überhaupt nicht mehr ähnlich. Etwas hatte sie verändert, mein Tod hatte sie verändert.

»Kann ich irgendwie helfen?«, fragte sie und blickte unruhig zwischen mir und Naoma hin und her. Natürlich, sie erkannte mich nicht.

»Savia?«, brachte ich schließlich hervor.

Naoma tänzelte unruhig von einem Fuß auf den anderen. Dass die Situation ihr mehr als unbehaglich war, sah man auf Anhieb.

»Verzeihung, ich wüsste nicht, dass ich dich kenne.« Meine Schwester kniff ihre Augen zusammen und wischte sich ihre Hände an der Hose ab. Ihre mit Farbe beschmierten Finger hinterließen blau-weiße Spuren auf ihrem Shirt.

»Ich habe einen Brief für dich.« Eilig fischte ich den zerknitterten Umschlag heraus.

»Danke.« Sie nahm ihn zögernd an sich. Man merkte deutlich, dass ihr das Ganze Unbehagen bereitet. Ihre Augen wanderten unruhig hin und her und auch ihre Haltung war verkrampft.

»Wie ist überhaupt dein Name?« Das war an mich gerichtet.

»Mai.«

»Mai?« Sie schien kurz zu überlegen, schüttelte dann aber den Kopf.

»Von wem ist der Brief? Schickt euch Tris? Oder Leo?« *Leo …*

Ich erstarrte für einen kurzen Moment. »Leo? Welcher Leo?«

»Er hat Schuldgefühle wegen meiner Schwester.« Sie lachte kurz auf und ballte dabei ihre kleinen Hände zu Fäusten.

»Tut mir leid … ihretwegen«, meinte ich nur. Wahrscheinlich hätte ich sie jetzt einfach fragen können, wie mein Name gewesen und weswegen ich gestorben war. Doch das erschien mir äußerst taktlos.

»Was ist denn passiert?« Naomas Stimme ließ mich zusammenzucken. Ich hatte ganz vergessen, dass sie auch noch da war.

»Nichts Wichtiges.« Ihr Blick wanderte zu Naoma und für einen Moment verfinsterten sich ihre Augen.

»Danke für den Brief.« Sie hielt den Umschlag kurz nach oben und umklammerte ihn anschließend auf dieselbe Art und Weise, wie ich es vorhin getan hatte.

»Schon in Ordnung.« Ich nickte. So, wie ich meine Schwester kannte, würde sie ihn erst in einigen Tagen lesen. Sie dachte sicherlich, dass irgendein Verehrer ihr diese Nachricht hatte zukommen lassen.

Savia öffnete die Tür. »Man sieht sich.« Sie verabschiedete sich mit ihrem umwerfenden Lächeln und war im Begriff, für immer aus meinem »Leben« zu verschwinden.

Ich stand da und suchte nach Wörtern und Sätzen, die ich sie fragen konnte. Dinge, die verhinderten, dass sie die Tür schloss. Doch irgendwie fühlte sich nichts davon richtig an.

Die Tür schloss sich und ich blieb mit einem Mädchen zurück, das ich kaum kannte.

»Wunderbar, einer weniger. Lust auf ein Eis? Ich will nämlich nicht in der Schule bleiben. So ein Junge meinte doch tatsächlich …«

Während Naoma sprach und sprach, schloss ich einfach meine Augen. Ich wollte nie mehr vergessen, wie meine Schwester nun aussah.

»Mai?« Besorgte grüne Katzenaugen sahen mich an.

»Tut mir leid, ich wusste nicht, was ich ihr sagen sollte.« Ich winkte ab und versuchte zu verbergen, dass Tränen über meine Wange kullerten.

»Du kanntest dieses Mädchen, nicht wahr? Ihre Schwester …« Naoma biss sich auf der Unterlippe.

»Ich bin mir nicht sicher.« Ich wischte mir die Tränen aus den Augen.

»Ich habe da so eine Idee. Etwas, das dich auf andere Gedanken bringt …« Sie lächelte und nahm meine Hand. Ich folgte ihr und schaffte es tatsächlich, mich nicht umzudrehen.

Ein Brief weniger, fehlten noch ein paar. Irgendwie hoffte ich, dass es nicht mit jedem einzelnen davon schwerer werden würde. Das war das letzte Mal, dass ich meine Schwester gesehen hatte.

Brief 1

Liebe Schwester,

für dich habe ich den Song Call You Home *von* Kelvin Jones *ausgesucht.*

Du fragst dich bestimmt, wieso ich dir einen Brief schreibe. Du wirst das hier lesen, den Kopf schütteln und mir sagen, dass ich das nächste Mal gefälligst eine E-Mail schreiben soll. Immerhin geht das um einiges schneller.

Ich weiß nicht einmal, warum ich diesen Brief schreibe. Vielleicht, weil du nicht wie sonst im Zimmer nebenan bist und ihn lesen kannst. Unser Deutsch-Lehrer meinte, wir sollen doch einfach mal unsere Gedanken zu Papier bringen … und das mache ich jetzt.

Als wir klein waren, wusstest du immer, was du wolltest. Du warst dieses toughe Mädchen, das alle bewundert haben. Du hast mit den Jungs verstecken gespielt und immer gewonnen. Die Mädchen wollten wie du sein.

Du bist deinen eigenen Weg gegangen. Hast schon in jungen Jahren auf mich aufgepasst. Alle waren stolz auf dich. Du hattest gute Noten und warst schlau. Alle haben dich geliebt und jeder wollte so sein wie du.

Eines Tages bist du gegangen, einfach so. Du hast mit deinen Koffern in der Hand vor der Tür gestanden. Du wolltest weg von hier, weg von allem. Dir wurde alles zu viel und deine sonst so standhaften Mauern sind zusammengebrochen. Du warst kurz im Ausland.

Ich habe nie etwas von dir gehört, geschweige denn, dass ich dich gesehen hätte. Auf einmal war diese Perfektion verschwunden. Ich musste alleine klarkommen.

Die Illusion von einer perfekten Welt war weg. Niemand hat mir mehr gesagt, was richtig oder falsch war, oder mir abends eine heiße Schokolade gemacht, wenn ich nicht schlafen konnte.

Dein Zimmer war leer und es war so unglaublich still in unserem Haus. Deine vielen Bücher setzten mit der Zeit Staub an und deine Kleider landeten alle in der Kleidersammlung.

Das Schwierigste waren die Weihnachtsfeiertage und die Silvester ohne dich oder Halloween oder unsere Geburtstage. Es war, als ob man dich einfach aus einem Bild herausgeschnitten hätte.

Langsam wurde ich wie du. Ich stellte mir eine perfekte Welt vor und half, wo es ging. Wann immer jemand meine Hilfe brauchte, ich war da und folgte deinem Beispiel. Mähte den Rasen unserer Nachbarn, passte auf die jungen Kinder auf oder spendete Geld für wohltätige Organisationen.

Du bist inzwischen zurück und lebst in einer Wohngemeinschaft mit Freunden. Das ist wunderbar und ich bin froh, dass es dir nun besser geht, dass du Stück für Stück deine Mauer wieder abbaust.

Aber als du gegangen bist, hast du einen Teil mitgenommen, und als du wiedergekommen bist, hattest du diesen Teil irgendwo vergessen.

Wir sind Schwestern, aber irgendwie auch Fremde. Fremde, die im Stillen wissen, dass sie sich lieben und schätzen, egal, wie weit sie voneinander getrennt sind.

Ich hoffe, eines Tages werden wir wieder die sein, die wir waren.

In Liebe
deine Schwester

Lektion 10

Ein weiser Mensch weiß, wann es angebracht ist, zu lügen, und wann es besser ist, bei der Wahrheit zu bleiben. Alles hat seine Ordnung und gewisse Dinge kommen ans Licht, egal, wie gut man sie behütet.

Ich hatte niemals wirklich tiefgründig über den Sinn des Lebens nachgedacht, obwohl ich ab und zu versucht hatte, mir ernsthafte Gedanken darüber zu machen, warum wir existierten. Doch irgendwie ergab das alles keinen Sinn. Wieso waren wir auf der Welt, wenn wir alle so oder so starben? Wieso wollten wir immer das, was wir nicht haben konnten? Wieso war es so schwer, jemandem zu vertrauen, ihm seine Gefühle und Ängste mitzuteilen? Ich hatte aufgehört, über das Leben nachzudenken, dadurch wurde man nur krank. Zumindest hatte das meine Schwester stets gesagt.

Ich schüttelte den Kopf und wagte es, einen Schluck von meinem Tee zu kosten. Jasmintee mit Honig – der genügte, um Erinnerungen in mir zu wecken.

»Willst du mir endlich verraten, was los war?« Naoma hatte sich eine heiße Schokolade bestellt. Etwas ungewöhnlich für diese Jahreszeit, wie ich fand. Doch sie meinte nur, dass es immer Zeit für warmes flüssiges Glück wäre.

»Ich habe einem Mädchen einen Brief gebracht.«

»Du kanntest dieses Mädchen.« Als sie keine Antwort von mir bekam, seufzte sie. »Na gut, dann gib mir mal die Briefe, bitte.« Auffordernd hielt sie mir die rechte Hand hin.

Wir saßen in einem kleinen Café. Es war ganz in der Nähe der Schule und anscheinend eines der besten der Stadt. Naoma hatte mich eingeladen, um mich auf andere Gedanken zu bringen. Die Sonne hinterließ Spuren auf ihrer Haut. Würde sie weiterhin ohne Sonnenschutz dasitzen, würden die Flusskrebse sie wahrscheinlich zu ihrer Königin ernennen.

»Warum lachst du?« Sie kniff die Augen zusammen.

»Nichts«, antwortete ich und zog eilig die Briefumschläge aus meiner Jackentasche. Einen Schönheitspreis würden die nicht mehr gewinnen.

Naoma beugte sich vor und nahm mir die Briefe aus der Hand. Sie warf nur einen kurzen Blick darauf, ehe sie zwei davon direkt vor mir auf den Tisch schmiss.

»Tris und Leo.« Schon wieder verengte sie ihre Augen zu schmalen Schlitzen.

»Ja?« Natürlich wusste ich, worauf sie hinauswollte.

»Savia hat die beiden im Zusammenhang mit ihrer Schwester erwähnt. Ein komisches Gefühl sagt mir außerdem, dass auch die anderen Briefe etwas mit ihrer Schwester zu tun haben. Was steht überhaupt in den Dingern?« Naoma war schneller als ich und schnappte sich den Brief für Leo. Sie riss den Umschlag auf und förderte einen Zettel zutage.

Weißes Papier, feine Linien, schwarze Tinte …

»Könntest du das lassen?«, fuhr ich sie an. Erschrocken zuckte sie zusammen und verstaute das Blatt wieder in dem Kuvert. Ich sollte mich entschuldigen, aber irgendwie war mir nicht danach.

»Tut mir leid. Ich frage mich nur, was das alles soll. Du kannst es mir anvertrauen, egal, was es ist. Wir kennen uns nicht, ich weiß. Ich bin nur das verrückte Mädchen aus dem Park, das zu viele Bücher liest.« Sie zwinkerte mir zu und nahm einen weiteren Schluck aus ihrer Tasse. Meinen Tee hatte ich längst vergessen.

»Ich vertraue dir.« Ja, das tat ich wirklich. Vielleicht hatte ich aber auch schlicht und ergreifend keine andere Wahl.

»Warum hast du diese Briefe?« Erneut versuchte sie mehr Antworten zu bekommen.

Der Wind strich mir sanft über den Nacken und hinterließ ein kühles Gefühl. Überrascht sah ich auf. Die Sonne befand sich noch immer hoch am Himmel, doch irgendetwas hatte sich verändert.

Nach langem Suchen entdeckte ich, was es war. Die junge Kellnerin des Cafés stand vor dem Eingang und trug eine rote Schürze. Ihre Haare waren zu einem einfachen Knoten zusammengebunden, jedoch fielen hin und wieder vereinzelte Strähnen in ihr Gesicht. Die junge Frau sprach mit einem Mann, während sie geschickt einige Teller und Gläser von den Nachbartischen abräumte.

»Warte kurz, einen klitzekleinen Moment bitte«, wisperte ich und erhob mich ruckartig. Der Tisch schwankte bedrohlich und etwas Tee landete auf der gelben Tischdecke.

Ich kannte diesen Kerl nur zu gut. »Raven!«, rief ich. Natürlich war das nicht sein richtiger Name und bestimmt fragte er sich, welche Irre ihn denn rief. Geschmeidig wie eine Katze wandte er sich um und blickte mir in die Augen, nur für einen winzigen Augenblick. Dann hatte er es mit einem Mal eilig, wegzukommen. Er hob kurz die Hand, um sich von der Kellnerin zu verabschieden, und überquerte dann zügig die Straße.

»Hey!«, wollte ich erneut seine Aufmerksamkeit erregen und rannte ihm hinterher. Die Leute drehten neugierig ihre Köpfe nach mir um, aber das kümmerte mich wenig. Ich bahnte mir einen Weg durch die Menschen, darauf bedacht, Raven nicht aus den Augen zu verlieren. Doch auf einmal wurde meine Verfolgungsjagd durch ein Hupen unterbrochen. Jemand packte mich unsanft am Arm und als ich wieder klar denken konnte, befand ich mich auf der anderen Straßenseite.

»Bist du total übergeschnappt?« Raven blitzte mich wütend an. Die Autos fuhren weiter und irgendein Kerl in einem grünen Mini rief mir einige nicht ganz so nette Worte nach.

Ich warf einen Blick zurück zum Café. Naoma sah besorgt zu mir. Die Briefe lagen noch immer auf dem Tisch.

»Nein, mir ist nichts passiert. Danke der Nachfrage.« *Konnte man überhaupt zweimal sterben?*

»Tote Mädchen können ja auch nicht sterben.« *Frage beantwortet …*

»Warum sagst du so was?«, zischte ich ihn an. Seine seltsamen Augen funkelten überrascht auf. Heute waren sie fast schwarz und aufgrund der dunklen Haare wirkte er beinahe gruselig.

»Weil du nicht sehr lebendig aussiehst«, meinte er gelassen und verschränkte die Arme vor der Brust.

»Wer zur Hölle bist du?« Langsam machte ich einen Schritt zurück. Ich fühlte, wie das Gras an meinen Füßen kitzelte. Ich stand auf einer Wiese.

»Das sind mir zu viele Fragen.« Er schüttelte den Kopf und lief einfach an mir vorbei.

»Hey!«, rief ich erneut, doch das scherte ihn kein bisschen. Er hatte die Hände in die Hosentaschen gesteckt und lief die Straße entlang. Ich gab es auf. Dieser Typ war seltsam und beängstigend.

Auf einmal war Naoma hinter mir. Sie schien aufgebracht zu sein. Wütend ballte sie ihre Hände zu Fäusten. »Warum schaust du denn nicht, bevor du über die Fahrbahn gehst?« In ihrer linken Hand hielt sie die Briefe und ihr blaues, langes Portemonnaie. Sie hatte den Reißverschluss dieses Dinges nicht zugezogen und einige Münzen purzelten auf den Weg, als sie wild damit gestikulierte.

»Ich musste ihm hinterher«, meinte ich und half ihr beim Auflesen des Geldes.

»Bist du in den Typen verknallt?« Sie hob eine Augenbraue.

»Ich muss dich leider enttäuschen. Ich wollte nur etwas von ihm wissen.«

»Hat er auch etwas mit den Briefen zu tun?« Naoma sah mir direkt in die Augen, so als müsste sie nur tief genug hineinschauen, um die Antwort auf ihre Frage darin lesen zu können.

»Nein.«

»Hör mal …« Ihr Blick wanderte in den Himmel. Noch immer war die Sonne dort oben und brannte erbarmungslos auf die Erde. Der Asphalt musste siedend heiß sein und ich stand hier barfuß herum.

»Ich werde dir helfen mit all dem, weil es dir wichtig ist.« Sie wedelte mit den Briefen vor meinem Gesicht herum. »Doch im Gegenzug will ich nur eines wissen. Kanntest du dieses Mädchen?«

Wahrscheinlich hätte ich jetzt so tun können, als wäre mir nicht klar, wovon sie spricht – *Welches Mädchen?* –, doch ich wusste, sie meinte die Schwester von Savia. Das Mädchen, das diese Briefe geschrieben hatte. Sie meinte mich.

»Also, kanntest du sie oder nicht?« Ihre Augen huschten unruhig hin und her.

Das war so eine Sache mit Geheimnissen. Manchmal waren sie gar nicht so verborgen, wie man dachte. Manchmal wussten andere die Antwort schon und manchmal würde eine Lüge alles nur schlimmer machen.

»Ja«, antwortete ich deshalb etwas zögerlich.

»Freundin? Verwandte?« Naoma gab nicht auf.

Die Autofahrer warfen uns seltsame Blicke zu. Ja, da standen zwei Mädchen am Straßenrand und lieferten sich ein Blickduell. Und eines davon war barfuß und trug bei dieser Hitze eine rote Jacke.

»Ich«, flüsterte ich. Der Wind blies kräftiger.

»Was?« Anscheinend hatte sie mich nicht verstanden.

»Ich bin dieses Mädchen«, wiederholte ich, diesmal ein bisschen lauter.

Ja, wenn Schatten tanzen könnten, dann würden sie über unsere Seelen wandern. Wie gut, dass ich meine bereits verloren hatte.

Lektion 11

Der Tod und das Leben stehen sich näher, als du denkst. Jedoch ist der Tod nicht das Ende. Du wirst das Leben erst verstehen, wenn es vorbei ist, und trotzdem solltest du es jeden Tag schätzen. Zweifle niemals an deinen Gedanken. Sie sind wie die Luft, die du zum Atmen brauchst.

»Was?«, rief Naoma. In einer Hand hielt sie noch immer die Briefe. »Was bist du?«, wiederholte sie flüsternd.

Ich seufzte und fuhr mir durch die Haare.

»Ich bin dieses Mädchen. Ich bin Savias Schwester.«

Ungläubig sah sie mich an.

»Du spielst mir einen Streich, oder?« Sie verschränkte die Arme vor der Brust und atmete tief ein.

»Nein. Ich bin ihre Schwester.«

»Das ist unmöglich! Sie hat dich ja nicht einmal erkannt!«, zischte sie.

»Weil sie mich nicht so sieht, wie du es tust«, versuchte ich zu erläutern. Das war eine dumme Idee – eine wirklich dumme Idee.

»Wie sieht sie dich dann?« Mit jedem Satz wurde sie wütender. Ihre Stimme hatte einen leichten gereizten Tonfall. Natürlich glaubte sie mir nicht, hätte ich an ihrer Stelle wahrscheinlich auch nicht getan.

»Ich weiß nicht, warum du mich mit blonden Haaren wahrnimmst. Andere sehen mich mit schwarzen Haaren. Wenn ich wüsste, wie man es beeinflusst, würde ich es dir zeigen.« Ich hob verzweifelt die Arme.

»Ich verstehe das nicht«, sprach sie und schüttelte den Kopf.

»Okay … also, man kann das irgendwie gar nicht richtig erklären.« Ich seufzte und schloss für einen Moment die Augen. Irgendein Autofahrer hupte und rief uns etwas zu, aber ich achtete gar nicht darauf.

»Es ist die Wahrheit. Ich bin tot. Ich sollte gar nicht hier sein. Doch als ich auf meine Erlösung wartete, meinte einer der Engel, ich müsse noch einmal auf die Erde und diese Briefe verteilen. Briefe an Leute, die ich gekannt habe, die mir wichtig gewesen waren. Die drei Haken bei der Geschichte sind, ich habe alles vergessen und die Menschen erkennen mich nicht. An meinen eigentlichen Namen kann ich mich auch nicht mehr erinnern. Also keine Ahnung, warum du mich so siehst, wie ich wirklich aussehe. Das klingt echt … dämlich.« Ich schüttelte den Kopf und stieß ein Lachen aus. Das klang wie aus einer Telenovela. Es fehlte nur der hübsche Himmelsbote, der mich verfolgte und eine geheime Beziehung mit mir anfing.

»Du bist tot?«, sprach sie und sah mich verwirrt an.

»Warte.« Ich nahm ihre Hand und legte sie an mein Handgelenk, dahin, wo normalerweise der Puls sein sollte.

»Und …?«, fragte ich nach einer Weile zögerlich.

Naoma starrte nur auf mein Handgelenk. »Kein Herzschlag«, flüsterte sie, ehe sie mir wieder in die Augen sah. »Obwohl das noch gar nichts heißt«, fügte sie etwas unschlüssig hinzu.

»Ich weiß, dass es seltsam klingt. ›Totes Mädchen verteilt Briefe auf der Erde‹.« Ich nickte und schüttelte den Kopf. »Doch ich brauche wirklich deine Hilfe. Ich muss diese Tris finden. Und diesen Leo. Und natürlich all die anderen Empfänger.«

»Wie war es für dich, als du deine Schwester gesehen hast?«, wollte sie plötzlich wissen.

»Komisch. Ich hatte auf einmal all diese Erinnerungen. Leider wusste sie nicht, wer ich war.«

»Vielleicht war es besser so. Wäre wahrscheinlich nur schwerer geworden.« Sie zuckte mit den Schultern.

Damit hatte sie womöglich recht. All das war auch so schon nicht leicht.

»Dann hilfst du mir also?«

»Ich …« Naoma biss sich auf die Unterlippe. Sie schien sich der ganzen Sache nicht mehr sicher zu sein.

»Ich weiß nicht, ob ich dir das alles glauben soll. Ich will dir helfen, aber ich muss darüber nachdenken.«

»Das ist in Ordnung. Ich bin in dem Park, in dem wir uns das erste Mal getroffen haben. Wenn du dem schmalen Weg folgst, gelangst du irgendwann zu einer Brücke, dort findest du mich.«

Sie nickte und hob die Hand, ehe sie langsam die Straße entlang zurücklief. Ich schaute ihr einen Augenblick lang hinterher. Vielleicht war es ein Fehler gewesen, ihr all das zu erzählen. Abgesehen davon klang es wirklich irre. Doch ich brauchte ihre Hilfe und mit Lügen kam ich hier nicht weiter.

Dichte Wolken hatten sich vor die Sonne geschoben und irgendwie schien es nun gar nicht mehr so warm zu sein. Wahrscheinlich würde es später regnen. Dicke Tropfen würden auf die Erde hinabfallen und den Rest der sommerlichen Hitze vertreiben.

Ich drehte mich um und lief den Weg zurück zum Park. Heute waren nicht viele Menschen unterwegs. Auch als ich ankam, wirkte er beinahe verlassen. Selbst den Joggern schien die Witterung zu unruhig zu sein.

Der Himmel verdunkelte sich zunehmend und öffnete allmählich seine Schleusen – es nieselte. Ich beschleunigte meine Schritte. Selbst als toter Mensch wollte ich nicht nass werden. Als ich die Brücke erreichte, prasselte das Wasser bereits herab. Seufzend zog ich die Jacke enger um mich. Das Wetter passte sich doch tatsächlich meiner Stimmung an, zumindest kam es mir so vor.

»Immer, wenn du kommst, beginnt es zu regnen«, vernahm ich urplötzlich eine Stimme.

Ich lehnte mich über das Geländer und spähte hinunter. Die Wassertropfen waren in den kleinen Fluss gefallen und hatten Ringe gebildet, bevor sie endgültig verschwanden und sie bald ein neuer Regentropfen ersetzen würde. Es war wie mit der Menschheit … Menschen wurden geboren, gingen ihrer Arbeit nach, starben und wurden anschließend durch neue ausgetauscht. Ja, alles war ein Kreislauf.

Unter mir schaute Raven empor. Einige dunkle Strähnen baumelten direkt vor seinen Augen. Diesmal wirkten diese allerdings eher blau als schwarz, was wohl dem diffusen Licht geschuldet war.

»Es scheint, als ob du das schlechte Wetter anziehst, Mädchen«, rief er hoch.

Ich verdrehte nur die Augen. »Vielleicht ziehst du es ja an. Bei dir würden sich sogar die Götter fürchten.« Ein dicker Tropfen landete genau auf meiner Nase. Erschrocken zuckte ich zusammen und strich mir dann über das Gesicht.

»Willst du mir endlich verraten, wer du wirklich bist?«, fragte ich ihn, nachdem wir beide eine Weile geschwiegen hatten.

»Ich denke nicht«, antwortete er, die Hände wie immer in der Hosentasche. Der Regen schien ihm nichts auszumachen. Mit gelangweiltem Blick sah er hoch in den Himmel. »Hast du all deine Briefe schon verteilt?«

Ich wollte gerade eine spöttische Antwort geben, als es mir blitzartig einfiel. Völlig entgeistert sah ich ihn an. Meine Briefe!

Sie waren noch bei Naoma.

Dunkel tanzen sie. Wie Schatten vor meinen Augen. Sie rauben mir die Erinnerungen und all die vergangenen Momente aus meinem Leben. Wenn ich sie nur vertreiben könnte, diese ständigen Sorgen in meinen Gedanken.

Lektion 12

Nicht alles ist so, wie es scheint. Der leiseste Fluss kann die stärkste Strömung besitzen.

»Ich habe die Briefe vergessen!«, rief ich erschrocken.

»Na super«, seufzte Raven. »Deine tolle Mission scheint zu Ende zu sein.«

»Nein, Naoma hat sie. Ein Mädchen, das mir hilft. Sie wird schon darauf achtgeben«, antwortete ich. Ein wenig nervös war ich trotzdem. Ich sollte besser aufpassen. Doch vielleicht würde es ihr auffallen und sie nach mir suchen. Immerhin wusste ich nicht, wo sie wohnte.

Der Regen ließ langsam nach.

»Darf ich zu dir kommen?«, fragte ich. Ich wollte hier nicht alleine hocken.

Raven nickte nur zögerlich und zog sich wieder unter die Brücke zurück.

Ich schlich um die Brücke herum und stieg den steilen Abhang hinunter. Raven hatte sich auf eine der Wolldecken gesetzt. Dort unten sah alles so aus, als ob er schon länger hier wohnen würde. Überall waren Decken, Essen und Planen verteilt. Letztere dienten wohl dazu, den Wind und das Wasser abzuhalten, falls sie ihm zu nahe kamen. In der Feuerstelle brannte Holz.

»Mysteriöser Kerl«, sagte ich zur Begrüßung.

»Totes Mädchen«, meinte er nur gelassen.

»Warum sagst du das andauernd?« Ich setzte mich kurz vor den Eingang seines kleinen Lagerplatzes hin und blickte hinaus auf den Fluss.

»Diese Frage habe ich dir schon beantwortet. Du siehst nicht wirklich lebendig aus.«

»Welche Haarfarbe habe ich?«

»Blond oder rot? Es könnte aber auch schwarz sein und wenn du so dahockst und das Licht in deine Haare scheint, wirkt es beinahe braun«, antwortete er.

Ich schüttelte den Kopf und schenkte ihm meinen bösesten Blick. »Danke, dass du mir so gewissenhaft antwortest.«

Er schnaubte und stand auf. Seine Schritte entfernten sich. Ich drehte mich nicht um, sondern blickte immer noch wie gebannt auf die Strömung des Flusses. Inzwischen stahlen sich die ersten Sonnenstrahlen durch die Wolkendecke. Bestimmt würde es bald einen Regenbogen geben. Als ich jünger war, hatte meine Schwester mir häufig erzählt, dass Kobolde ihr Gold dort versteckten, wo ein Regenbogen aufhörte oder anfing. Wie zwei Verrückte haben wir dann vergeblich den Anfang oder das Ende eines solchen gesucht.

Während ich dasaß und hinaus auf das Wasser schaute, stahl sich ein Lächeln auf meine Lippen. Mein Leben nach dem Tod war ein Abenteuer. Ich war hier mit irgendeinem Kerl, den ich kaum kannte, unter einer Brücke in einem Park, der normalerweise nicht nach acht Uhr abends betreten werden durfte. Und trotzdem war ich glücklich. Ich würde meine Erinnerungen zurückbekommen, jede Einzelne, und würde mit all dem abschließen können.

»Worüber denkst du nach?«, fragte Raven auf einmal. Ich hatte gar nicht bemerkt, dass er zurückgekommen war.

»Über das Leben und all seine Momente«, sprach ich und drehte meinen Kopf, um ihm in die Augen zu sehen. Er blickte jedoch an mir vorbei zu der Wiese vor uns.

»Ich habe das Gefühl, wenn wir leben, dann verpassen wir vieles.« Ich wandte meine Aufmerksamkeit wieder den Dingen vor mir zu.

»Wie meinst du das?«, erwiderte er.

Das Wasser glitzerte im schwachen Licht der Sonne. Bald würde es dunkel werden und die Nacht hereinbrechen. Die Schatten würden dann mit der Dunkelheit verschmelzen und all die traurigen Gedanken gingen verloren, wenn man nur für einen Moment in den Sternenhimmel blickte.

»Ich weiß nicht viel, aber ich weiß, dass ich das alles hier stets als selbstverständlich betrachtet habe.« Ich machte eine Bewegung mit den Armen und zeigte auf die große Wiese mit den bunten Blumen, den Fluss und die morsche Brücke.

»Ich habe den Großteil meiner Gedanken damit verschwendet, über Dinge nachzudenken, die ich nicht hatte, habe mir darüber den Kopf zerbrochen, was richtig und was falsch war und was die Leute von mir hielten. Dabei hatte ich doch alles. Ich hatte Freunde, die mich brauchten, eine Familie, die mich unterstützt hat, und ein Leben. Ein ganzes Leben!« Ich lächelte und schloss meine Augen.

»Nicht jeder hat all das.«

Ich hörte, wie sich seine Schritte entfernten.

Langsam öffnete ich meine Augen und stand auf. Die kleinen Kieselsteine hatten Abdrücke auf meinen Händen hinterlassen. »Das wollte ich damit nicht sagen.« Ich drehte mich zu ihm um. »Nicht jeder hat ein ganzes Leben. Manche Menschen haben nur einzelne Augenblicke und doch sollten sie jeden davon genießen. Nicht jeder hat viel Zeit in dieser Sanduhr, in der die Körner beständig hinabrieseln. Jede Sekunde ist kostbar.«

»Und wann ist dir das aufgefallen?«, sprach er spöttisch. Er hob einen der Steine auf, die überall herumlagen, und warf ihn in den Fluss.

»In dem Augenblick, in dem ich kein Leben mehr hatte. Nun kommt mir das falsch vor. Ich hätte längst darauf kommen müssen.« Ich seufzte und lief näher zu dem Fluss.

Das Wasser war klar und man sah viele Steine und Algen unter der Oberfläche. Vorsichtig stieg ich mit den Füßen in den Fluss. Die Kälte wanderte langsam beinahe zärtlich hoch und umschloss meine Beine. In meinem jetzigen Zustand fühlte ich zwar nicht viel, aber ich konnte zwischen Wärme und Kälte unterscheiden. Der Fluss zerrte an mir, als ob er wollte, dass ich mit dem Strom wanderte.

»Pass auf, das Wasser ist eisig«, rief Raven. Er stand einige Meter neben mir und sah mich an.

»Ich spüre das gar nicht, schon vergessen? Tote Mädchen fühlen nur den kühlen Wind in ihrem Nacken«, sprach ich übermütig und zwinkerte ihm zu. Mehr als ein Augenverdrehen brachte mir das nicht ein.

»Die Strömung ist stärker, als du denkst«, fügte er hinzu und zuckte mit den Schultern.

»Ach was.« Jetzt rollte ich mit den Augen. *Angsthase* …

Ich lief weiter hinein und konzentrierte mich vollkommen auf das kühle Nass, das an meinen Beinen nach oben wanderte.

»Mai …« Seine Stimme klang irgendwie besorgt.

Er machte seinem Namen wirklich alle Ehre. Immerhin waren Raben wasserscheue Tiere.

Die Nässe fraß sich in meine Hose und bildete dunkle Flecken auf dem Stoff.

»Okay, ich komme raus«, sprach ich. Das Wasser beruhigte zwar, jedoch wollte ich keine tropfnassen Kleider.

»Pass auf, ja?«

Ich winkte mit einer Hand ab. Langsam bewegte ich mich aus dem Fluss. Weiter vorn wurde es tiefer und plötzlich zog die Strömung fester an mir. Ich hatte diesen Fluss wirklich unterschätzt.

»Merkst du es? Das ist ja das Problem an solchen Gewässern. Viele Menschen verharmlosen die Stärke der Strömung.« Erneut so ein bissiger Kommentar von ihm.

»Alles klar, Herr Naturbursche. Ich bin bald wieder auf dem sicheren Land«, seufzte ich und lief noch ein Stück Richtung Ufer. Irgendwie hatte ich nicht daran gedacht, dass die großen Steine so rutschig waren. Mein linker Fuß rutschte ab und wurde augenblicklich hinabgezogen. Ich ruderte mit den Armen und suchte verzweifelt nach Halt. Doch leider fand ich keinen und so landete ich mit einem ziemlich lauten *Platsch!* im Fluss.

Ich wurde von den Wassermassen runtergedrückt und auf einmal fühlte sich die Kälte des Wassers an wie tausende kleine Nadelstiche. Die Dunkelheit umhüllte mich und mein Schrei ging in den Wellen unter. Ich tauchte auf und spuckte Wasser, wurde aber gleich wieder untergetaucht. Überall zog etwas an mir, die Steine schürften meine Beine auf und mein Körper hatte keine Kraft mehr. Die Wassermassen drückten mich immer weiter hinunter … wie eine heimtückische Falle.

Lektion 13

Wir haben nicht viele Möglichkeiten, um unserem Schicksal zu entkommen. Entweder wir stellen uns todesmutig unserem Urteil oder wir nehmen die Beine in die Hand und rennen davon.

Das Leben änderte seine Meinung im Minutentakt. Manchmal reichte auch nur ein einziger Wimpernschlag und es war aus und vorbei. Dann konnte man nicht einfach über alles hinwegsehen und ein Pflaster auf die Wunde kleben. Nein, die Zeit raubte einem gelegentlich den letzten Nerv.

Ich war gefangen – gefangen in den eigenen Albträumen. Das flüssige Blau um mich herum war kalt und es schien, als ob es immer mehr von mir aufnahm, als ob ich mich auflösen würde. Es war wie das Netz einer Spinne, das mich umschloss und festhielt. Meine Arme und Beine waren erschöpft, vollkommen bewegungslos, und ließen sich von der Strömung treiben. Meine Augen waren fest verschlossen, umgeben von dieser altbekannten Dunkelheit. Es fühlte sich an, als würde ich schlafen. Ich habe aufgegeben, war müde, die Lunge war mit Flüssigkeit gefüllt, die Gedanken voller Sorgen. Ja, ich hatte Angst – Angst davor, mein Leben ein zweites Mal zu verlieren.

Ich versuchte einen Arm zu bewegen, nach etwas zu greifen. Doch ich tastete ins Leere. Es war wie eine Last, die auf mir lag. Wie ein Stapel Bücher, der auf mein Herz drückte. Da das Wasser in meinen Augen brannte, musste ich sie nach einem kurzen Versuch, sie zu öffnen, schon bald wieder schließen. Ich wollte schreien, um mich schlagen, weinen und mich für diese Dummheit bestrafen. Ich wollte nicht sterben, nicht so, nicht noch einmal. Auch wenn ich ertrinken würde … Warte, ich war bereits tot! Ich hatte all das bereits hinter mir.

Jemand hielt meine Hand. Vielleicht war es nur Einbildung, doch ich spürte, wie fremde Finger meine eigenen umschlossen. Ein leichter Ruck ging durch meinen Körper und auf einmal war die gesamte Wassermasse verschwunden, die auf mir gelastet hatte. Meine Füße berührten den Boden und ich sank erschöpft zusammen.

»Ich würde sagen, dass das Schwimmtraining hiermit beendet ist.«

Ich wollte etwas Bissiges antworten, doch irgendwie verschluckte ich mich an meinen Worten. Da war überschüssige Flüssigkeit in meinem Körper und musste hinaus. Ich hustete, spuckte, und beinahe hatte ich Angst, ein Goldfisch würde seinen Weg nach draußen finden. Aber es war nur das kalte Nass, das endlich von mir abließ.

»Du hast ja ganz schön lange gewartet, bis du mich gerettet hast«, erwiderte ich heiser. Ich war mehr als tropfnass, meine Kleidung klebte an mir. Zum Glück hatte ich die Briefe nicht bei mir gehabt.

Raven stand vor mir. Seine Hosen waren vom Wasser dunkel verfärbt. Die Ärmel seines schwarzen Shirts hatte er hochgerollt.

»Irgendwie war es witzig, zu sehen, wie du da hinuntergeschwommen bist. Beinahe, als wärst du eins mit dem Fluss gewesen.« Er lachte und blickte in den Himmel.

»Wirklich?«, seufzte ich und stand langsam auf. Hinter mir rauschte der Fluss leise vor sich hin. *Heimtückisches Ding.*

»Ich hätte sterben … ach, vergiss es.« Ich winkte ab und lief zurück zum Lager. Ich zog die Jacke aus und warf sie auf den Boden. Die restlichen Klamotten fühlten sich allmählich an wie eine zweite Haut.

»Wenn du die aufhängst, trocknet sie schneller«, rief Raven. Er hatte sich nicht von der Stelle bewegt.

Hätte ich meine Schuhe noch, dann wären sie jetzt in seine Richtung geflogen. Am besten genau in sein Gesicht, vielleicht würde ihm daraufhin das spöttische Grinsen vergehen. Trotzdem befolgte ich seinen Rat, hob meine Lederjacke wieder auf und ließ sie auf die Holzscheite fallen, die neben dem Feuer lagen.

»Also stimmt es tatsächlich«, meinte er auf einmal. Er kam näher. Auch er trug keine Schuhe. Wahrscheinlich hatte er diese ausgezogen, um mich aus dem Wasser zu ziehen.

»Was denn?«, erwiderte ich kühl und funkelte ihn wütend an.

»Dass du tot bist.« Er lächelte und blieb direkt vor mir stehen.

»Wenn du dir da so sicher bist, warum fragst du andauernd?« Ich rückte an die wohlige Hitze der Flammen heran.

»Aus Fragen besteht das Leben.« Er zuckte mit den Schultern.

»Dann solltest du dir bewusst sein, dass man nicht auf alles eine Antwort erhält.«

Erneut zuckte er nur mit den Schultern. »Damit hast du wohl recht.

Langsam wurde es dunkel um uns herum.

»Warte.« Er lief zu einem Rucksack, der auf dem Boden lag, und holte etwas hervor. Mit einer raschen Bewegung warf er es mir zu. Überrascht fing ich es auf. Es waren kurze graue Sporthosen und eine schwarze Sportjacke.

»Zieh das an, damit deine anderen Klamotten leichter trocknen.« Er nickte und deutete auf die Kleider, die ich festhielt.

»Danke …«, stammelte ich, kniff allerdings nach einigen Sekunden die Augen zu schmalen Schlitzen zusammen. »Wenn du dich eventuell umdrehen könntest?«

»Natürlich.« Er hob abwehrend die Hände und drehte sich um.

So schnell es mir möglich war, befreite ich mich von den nassen Sachen und legte sie neben meine Jacke auf den Stapel mit den Holzscheiten. Die trockene Kleidung fühlte sich gleich wesentlich besser an. Sie war nicht gerade warm, aber frieren würde ich ohnehin nicht.

»Fertig?«, fragte Raven ungeduldig.

»Ja.« Ich setzte mich auf eine der Decken vor dem Lagerfeuer. Das Flackern der Flammen hatte etwas Beruhigendes.

»Vielleicht solltest du ein wenig schlafen.«

Ohne dass ich es bemerkt hatte, stand er wieder bei mir.

»Ich bin nicht müde und ich muss auf Naoma warten.«

»An dir beißt man sich die Zähne aus, Mädchen.« Er schüttelte den Kopf und stieß ein Lachen aus. »Wenn diese Nomala kommt, wecke ich dich.«

»Naoma.«

»Sagte ich doch.« Er schnaubte und blickte nun wie ich vorhin zu den Flammen. »Also …?«, meinte er nach einer Weile.

»Ich bin nicht müde.« Trotz meiner Aussage kuschelte ich mich tiefer in die Decken.

»Ich weiß, du brauchst keinen Schlaf«, flüsterte er beinahe. »Doch mit ›schlafen‹ meine ich nicht, dass du deinen Körper ausruhst. Es geht viel eher darum, dass du deinen Gedanken eine Pause gönnst.«

Ich nickte fast unmerklich und legte mich dann hin. Und tatsächlich gab mein Kopf irgendwann Ruhe und die Welt um mich herum wurde still.

Lektion 14

Nichts ist grenzenloser als die Fantasie. Sie spielt in unseren Köpfen. Manchmal erschaffen wir eigene Welten, von denen wir träumen. Das Leben besteht aus viel mehr, als dem, was wir sehen. Wir müssen nur endlich aufwachen und unsere Augen öffnen.

»Mai?«

»Mai …«

Irgendjemand sagte andauernd meinen Namen. Mühsam stemmte ich die Lider auseinander. Das Licht der Sonne brannte für einen Moment in meinen Augen. Seufzend schob ich die Hand davor. Die Nacht war vorbei und der Regen hatte kaum Spuren hinterlassen. Ich richtete mich auf und blickte zur Brücke hinauf. Naoma stand dort, hielt ihr Handy umklammert und sah überall hin, nur nicht zu mir.

»Hier unten!«, rief ich nach oben und warf die Decke zur Seite. Erst jetzt fiel mir auf, dass Raven gar nicht mehr da war. Aber all seine Sachen befanden sich hier und auch die Kleider trug ich noch, wohin war er so plötzlich verschwunden?

»Was machst du denn da? Komm hoch!«, rief Naoma.

Ich nickte und machte mich auf den Weg. Wenigstens war das Hochkommen einfacher als das Hinunterkommen.

Naoma tippte ungeduldig auf dem Holz des Geländers herum. Sie hatte wieder Sportsachen an und von weitem mussten wir wie zwei Freundinnen wirken, die bei diesem herrlichen Wetter ihre Beine vertreten wollten.

»Ich hätte nicht erwartet, dass du auftauchst«, meinte ich verlegen.

»Ich habe immerhin deine Briefe.« Sie lächelte.

Erst jetzt fielen mir ihr Handy und die Kopfhörer auf. Manche Menschen konnte man anhand ihrer Musik beurteilen. Je nach Stimmung und Gefühl hörten Leute unterschiedliche Lieder. Vielleicht verriet mir dieser Anhaltspunkt mehr über Naoma.

»Was hörst du denn?«, fragte ich und deutete auf ihre Kopfhörer.

»Ach das?« Sie schüttelte den Kopf. »Ich höre keine Lieder, wenn ich jogge. So kann ich mich auf meine Gedanken konzentrieren. Ich renne manchmal einfach so mit meinem Handy, dessen Akku meistens leer ist, und den Ohrstöpseln, die schon den Geist aufgegeben haben, nur damit die Welt für einen kurzen Moment stillsteht.«

»Das ergibt Sinn«, erwiderte ich, obwohl ich es ehrlich gesagt nicht ganz verstand. Ich lehnte mich an die Brücke und blickte hinunter. Heute wirkte das Wasser um einiges ruhiger als gestern.

»Du willst mir also helfen?«

Naoma nickte. »Es wird wohl irgendeinen Grund haben, dass wir uns getroffen haben. Auch wenn ich das alles noch nicht verstehe oder glaube.«

»Gut, danke. Ich bin wirklich froh um jede Hilfe!« Ich lächelte. Wenigstens musste ich nicht mehr alleine nach den Empfängern suchen.

»Außerdem wollte ich dir was zeigen. Ich habe versucht, etwas über diesen Leo und diese Tris herauszufinden. Sobald du Zeit hast, können wir kurz zu mir gehen, ich habe alles dort.« Sie wickelte ihre Kopfhörer um das Handy und verstaute beides in der Hosentasche.

»Ich habe jede Menge Zeit«, meinte ich lachend.

»Du machst gerne Witze darüber, oder?«, fragte Naoma und ging voraus.

»Über den Tod?«

»Ja.«

»Nein, im Prinzip nicht. Aber irgendwie muss ich damit umgehen und das schaffe ich auf diese Art und Weise«, sprach ich.

Während wir weiterliefen, hielt ich andauernd Ausschau nach Raven. Wie lange hatte ich überhaupt geschlafen?

»Hast du eigentlich keinen Unterricht?«, vergewisserte ich mich. Wir hatten den Park inzwischen verlassen und liefen an der Fahrbahn entlang. Heute war wieder einmal ziemlich viel los auf den Straßen. Überall gab es Stau und einige Frauen mit vollen Einkaufstaschen kämpften sich durch die Menschenmengen.

»Es ist Samstag, da haben wir nie Unterricht.«

Im Licht der Sonne wirkten ihre Haare fast rotbraun. Ihre Haut war sonnengebräunt und Sommersprossen sprenkelten ihr Gesicht. Sie war ein Sommertyp. Ein Typ, der schnell braun wurde und dem die Hitze nichts auszumachen schien.

Wir bogen durch eine kleine Marktgasse und quetschten uns zwischen Häuserblöcken hindurch. Alles hier war altmodisch. Die Mauern schienen so alt, als würden sie aus dem Ersten Weltkrieg stammen. Überall rankten sich Efeu und wilde Pflanzen entlang.

Es war warm und die Leute standen draußen vor ihren Häusern auf den Pflastersteinen. Die Mütter hingen die Wäsche zum Trocknen auf, während die Kinder mit Wasserpistolen umherrannten. Sie lachten und tobten, keinen störte es, dass ihre Köpfe längst knallrot waren.

Vor einem alten Holzhaus blieben wir stehen. Ein bescheidener Garten befand sich davor und das Unkraut schoss aus der Erde. Das Gras war viel zu hoch und wirkte leblos und vertrocknet. Das kleine Gartentor hing nur noch halb in den Angeln und quietschte ohrenbetäubend, als Naoma es ohne Rücksicht aufstieß. Sie kramte einen Hausschlüssel hervor und sperrte die Haustür auf.

»Tut mir leid, wie es hier aussieht. Meine Mutter arbeitet meist sechs Tage die Woche in einem Krankenhaus als Aushilfe und zusätzlich in verschiedenen Restaurants.«

Ich betrat das Haus. Hier drin war es kühler als draußen und recht dunkel. Die winzigen Fenster ließen kaum Licht herein und es roch muffig. Während wir durch den langen Gang liefen, schaute ich mich ein wenig um. Der Flur führte direkt in das kleine Wohnzimmer. Überall türmten sich Briefe und Zeitschriften, hier und da standen Pflanzen. Diese schienen jedoch aus Plastik zu bestehen. Die Gardinen waren zur Hälfte geschlossen und dennoch sah man den Staub in dem spärlichen Licht tanzen. Nebenan lag die Küche. Tassen und Pfannen stapelten sich und da und dort standen die Schränke offen. »Am besten gehen wir in mein Zimmer.« Sie deutete auf eine Wendeltreppe, die nach oben führte. Wieder folgte ich ihr. Die Stufen knarrten mit jedem Schritt.

Naomas Raum war das pure Gegenteil. Es war geräumig und aufgeräumt. Nichts lag herum. Das Fenster war geöffnet und frische Luft von draußen erfüllte den Raum. An den Wänden hingen Gemälde von Blumen und eine Lichterkette spannte sich über das Bett. Selbst die Bettdecke lag ordentlich darauf und ihre Schulsachen waren akkurat gestapelt.

Was mich jedoch mehr faszinierte, waren die vielen Bücher in dem großen Holzregal. Es waren zum Teil alte Titel wie *Romeo und Julia*. Sie besaß einige Werke von Shakespeare. Aber es gab auch aktuellere Taschenbücher wie *Die Tribute von Panem* oder *Der Herr der Ringe*.

Irgendwie hatte ich das Gefühl, je mehr ich sah und umso mehr ich erlebte, desto besser konnte ich mich erinnern.

Ich betrachtete die Bücher eingehend und entschied mich für ein eher kleines mit einem rosa Ledereinband. Langsam fuhr ich über den Einband. Soweit ich mich entsinnen konnte, hatte ich niemals gelesen, zumindest keine Bücher. Warum sollte ich in andere Geschichten eintauchen, wenn ich meine eigene nicht verstand?

»Warum liest du so viel?«, erkundigte ich mich und wandte meinen Blick von dem Schmöker ab, um in ihre grünen Augen zu sehen.

Sie schloss das Fenster. »Ich weiß es nicht«, meinte sie nach einer Weile und schnappte sich eines ihrer Haarbänder von der Kommode neben dem Bett. Mit raschen Bewegungen band sie ihre Haare zusammen.

»Vielleicht erhoffe ich mir eines Tages in einer dieser Geschichten aufzuwachen und all das hinter mir zu lassen.«

Lektion 15

Stell dir immer die Frage, ob es wirklich das ist, was du willst. Wenn du zögerst, kennst du die Antwort bereits.

Ich stellte das Buch wieder an seinen Platz. »Und welches ist dein Lieblingsbuch?«

»Ich weiß nicht, ich mag sie alle.« Naoma zuckte mit den Schultern und lief zu ihrem Bett. »Also, was ich dir eigentlich zeigen wollte, ist das hier.« Sie schlug die Bettdecke zur Seite und förderte einen Laptop zutage. Es war ein älteres Modell und überall waren Sticker mit Sprüchen aufgeklebt. Mit flinken Fingern tippte sie etwas ein.

»Diese Tris geht auf eine Privatschule in der Nähe von hier. Ihre Mutter arbeitet in demselben Krankenhaus wie meine. Netter Zufall nicht wahr? Ihr Vater ist Anwalt und dank ihm kann sie sich wohl diese teure Ausbildung leisten. Sie hat sogar einen eigenen Blog, in dem sie ihre Leser darüber aufklärt, wie man sich die perfekten Locken wickelt, eine gerade Nase kriegt, die richtigen engen Jeans kauft und wie man nur mit einem Zwinkern das Herz eines Jungen erobert.« Beim letzten Satz konnte sie sich das Augenrollen nicht verkneifen.

»Außerdem unterzieht sie sich zurzeit einer Farb-Diät. Steht auch auf ihrem Blog.« Naoma grinste und drehte den Bildschirm so, dass ich ihn ebenfalls sehen konnte.

Tipps und Tricks zur Farb-Diät. Iss dich gesund – nur mit pinken und violetten Lebensmitteln, stand dort mit blinkendem Schriftzug und rosa Hintergrund. So etwas Verrücktes hatte ich selten gehört.

»Eine Farb-Diät also …«, sprach ich und nickte ungläubig.

»Weißt du das alles von dem Blog? Und wie hast du das herausgefunden?« Erstaunt setzte ich mich neben sie auf das Bett und klickte durch die verschiedenen Einträge.

»Zuerst einmal habe ich nach einer Tris auf Facebook gesucht. In der näheren Umgebung wohnen genau drei und von denen gibt es nur eine, die so alt ist wie du. Bevor du dich fragst, warum die, die nicht in deinem Alter sind, ausgeschlossen werden können … Sie ist die Einzige, die schon immer hier gelebt hat. Die anderen beiden haben bereits Kinder und leben erst seit kurzem hier«, erzählte sie.

»Denkst du nicht, das ist ein bisschen zu leicht? Zeig mir mal ein Bild.«

Naoma öffnete eine neue Seite. Gleich darauf erschien Facebook. Irgendwo dort wäre wohl auch mein Account, wenn ich nicht gestorben wäre. Mit vielen Bildern von mir und meinen Freunden, verschiedenem Essen und frisch lackierten Zehennägeln. Das Leben war hart, nicht wahr?

Und irgendwie musste ich erneut lachen. Erst jetzt kam mir in den Sinn, wie dämlich dieses gesamte Facebook- und Internetzeug war. Es ging einfach nur darum, sich selbst etwas zu beweisen. Mehr Follower als andere zu haben. Man verschloss seine Augen für eine Welt im Netz. Kein Wunder, dass die Menschen in der heutigen Zeit so zahlreiche Komplexe hatten. Sie sollten aufhören, sich Dinge von Leuten vorschreiben zu lassen, die nicht einmal eine Gabel von einem Suppenteller unterscheiden konnten. Jeder sollte das Leben führen, das er möchte. Jeder hatte seine eigene Geschichte und das war wertvoll genug. Nur war es leider manchmal zu spät, um das zu erkennen.

»Du tust es schon wieder.« Naomas Stimme holte mich zurück in die Wirklichkeit.

»Was denn?«

»Du starrst an die Decke und denkst nach. Du bist tot. Du brauchst dir nicht den Kopf über die Lebenden zu zerbrechen«, murmelte sie.

»Gut, dann stelle ich ab jetzt meine Gedanken ab. Also, zeig schon her.« Ungeduldig klatschte ich in die Hände.

»Das ist Tris.« Sie deutete auf den Bildschirm.

Ein Mädchen mit schulterlangen, pechschwarzen Haaren und einem verführerischen Lächeln blickte mir entgegen. Es war ein Ganzkörperfoto und sie trug ein sommerliches Kleid mit Blumenmuster, welches ihr bis zu den Knien ging. Es schien, als wäre der Wind genau in dem Moment durch ihr Haar gefahren, als der Fotograf den Auslöser gedrückt hatte. Weiter hinten sah man zwei andere junge Frauen, ebenfalls in Kleidern. Beide posierten für die Kamera. Sie hatte mehr als tausend Freunde und ziemlich viele Pinnwandeinträge.

»Kannst du eigentlich durch Wände gehen?«

»Nicht dass ich wüsste«, antwortete ich und starrte dabei immer noch wie gebannt auf den Bildschirm. Doch nichts geschah. Keine Rückblende, kein Wiedererkennen.

»Ich glaube nicht, dass sie diejenige ist, die ich suche.

Ich habe keine Erinnerungen oder so was, wenn ich das Bild ansehe. Außerdem wirkt sie recht überheblich. Da steht, dass sie in ihrer Freizeit gerne teure Sachen kauft.« Ich schüttelte den Kopf.

»Bist du dir ganz sicher, dass du sie nicht kanntest?«, fragte Naoma und stand auf. Von unten drangen Geräusche zu uns. Es klang, als ob die Haustür geöffnet wurde.

»Ich könnte nicht sagen, woher. Sie passt nicht in das Gesamtbild.« Ich biss mir auf die Unterlippe. *Tris.*

»Vielleicht ist Tris meine Mutter und wir sollten die Frauen mit den Kindern ausfindig machen oder eventuell hat Tris gar kein Facebook und wir stalken die falsche Person«, versuchte ich zu erklären.

»Oder wir lesen den Brief und ergänzen die Zusammenhänge«, sprach Naoma. Etwas enttäuscht ließ sie ihre Hände sinken.

»Ich weiß nicht …«, begann ich.

Mit einem Knall schloss jemand eine Tür.

»Meine Mutter.« Naoma winkte ab. »Hast du schon mal überlegt, dass du vielleicht einen schlimmen Unfall hattest und nun unter Gedächtnisverlust leidest? Diese Briefe könnten dir helfen.«

»Das wäre möglich«, antwortete ich.

»Naoma?«, rief eine Stimme von unten.

»Ja?« Genervt verdrehte sie die Augen.

Nichts.

»Warte kurz hier und mach keinen Blödsinn«, murmelte sie.

»Was soll ich denn anstellen? Bücher herumfliegen lassen?«

Naoma verschwand aus dem Zimmer. In der Zwischenzeit setzte ich mich wieder auf das Bett und scrollte durch Tris' Facebook-Profil. Doch nichts half mir weiter. Auch ihr äußerst sonderbarer Blog war nicht aufschlussreich. Außer, wenn man aus Büchern Handtaschen basteln wollte. Neugierig sah ich mich um. *Das wäre was für Naoma.*

Während ich mich umsah, fiel mir etwas anderes auf. Ich stand auf und lief zu ihrem Schreibtisch. Ein Stapel Blätter lag dort verteilt. Ich sah mir die Papiere genauer an und erstarrte. Warum tat sie das?

Lektion 16

Manche Momente verstreichen so schnell wie ein Atemzug. Andere scheinen Jahre anzudauern. Doch das Einzige was bleibt, wird die Erkenntnis sein, dass man das vermisst, was man nicht mehr hat.

Ich wartete eine Weile im Zimmer, bis sie zurückkam.

»Tut mir leid, meine Mutter … Aber jetzt können wir uns wieder voll und ganz auf Tris konzentrieren.«

»Was ist das?« Ich hielt die verschiedenfarbigen Blätter hoch.

»Woher hast du das?«, fragte sie zögerlich.

»Es lag hier.« Ich deutete auf ihren Schreibtisch.

Sie seufzte und setzte sich auf ihren Stuhl. Der Himmel draußen verdunkelte sich, als würde er sich meiner Stimmung anpassen. »Ich höre.« Fragend verschränkte ich die Arme vor der Brust. Von unten hörte man erneut Geräusche, als würde jemand Pfannen gegeneinanderschlagen.

»Meine Mutter. Sie versucht zu kochen.« Naoma lachte.

»Naoma …«

»Okay, ja … vielleicht habe ich Nachforschungen angestellt«, gab sie zu. Das hatte sie tatsächlich! Es handelte sich um diverse Artikel aus Wikipedia von Toten, die wiederauferstanden waren, Patienten aus Krankenhäusern, die ihr Gedächtnis verloren hatten, und etliche Berichte über kürzlich verstorbene Leute. Darunter befanden sich außerdem kopierte Facebook-Beiträge von meiner Schwester, Beiträge über meine Schule und deren Schüler und noch viele weitere Dinge.

»Ohne mich zu fragen?« Ich war wütend. Schließlich stellte ich auch keine Nachforschungen zu ihrem Leben an.

»Nun ja … Ich wusste, du würdest Nein sagen. Jedoch kannst du es mir nicht übelnehmen. Du würdest dasselbe machen, wenn dir jemand erklärt hätte, dass er tot sei und Briefe verteilen müsste.«

Ich schnaubte. »Tut mir leid, dass ich es dir nicht wirklich beweisen kann.«

»Mai …« Sie seufzte. »Vergessen wir das, okay?« Sie schnappte sich die Blätter und warf sie mit einer raschen Bewegung in den Papierkorb.

Ich nickte, zögerte aber dennoch kurz. »Hast du etwas herausgefunden?«

»Über dich?«

Ich nickte erneut.

»Ich … Nein«, sprach sie und schüttelte ziemlich heftig den Kopf. »Allerdings habe ich eine andere Idee, wie wir herausfinden können, ob das tatsächlich die richtige Tris ist.«

»Und die wäre?« Fragend sah ich sie an. Was hatte sie vor? Einfach dort vorbeigehen und klingeln?

»Da ist so ein Ball in ihrer Privatschule. Ich bin nicht der größte Fan von solchen Sachen, doch wir könnten uns in die Schule schleichen und vielleicht tauchen dann deine Erinnerungen auf.«

»Ein Schulball?«, fragte ich skeptisch.

»Ja, du weißt schon, mit Kleidchen und Anzügen, lauter Musik und Mädchen, die nicht wissen wie kurz ein Rock sein sollte, ohne dass er als Unterwäsche gilt.«

»Und wir gehen dahin wegen dieser Tris?« Ich seufzte. Das konnte ja heiter werden.

»Ich denke, der Ball ist eine gute Lösung und in der Zwischenzeit können wir versuchen herauszufinden, wer Leo ist.« Sie nickte überzeugt.

»Ich weiß, wie er aussieht«, murmelte ich und schüttelte den Kopf.

»Und woher?« Überrascht sah sie mich an.

»Ich hatte so eine Art Rückblende. Ich glaube, er geht auf dieselbe Schule wie meine Schwester damals.«

»Dann sollten wir also zurück zu der Schule.« Es war weniger eine Frage, mehr eine Feststellung.

»Ich vermute, schon, aber lass uns das morgen machen. Ich gehe wieder zu dem Park. Es wird bald dunkel und ich sollte vor acht Uhr dort sein«, meinte ich.

Naoma nickte und stand auf. »Hier sind noch deine Briefe. Keine Sorge, ich habe sie nicht gelesen.«

Sie reichte mir den Stapel und irgendwie fühlte ich mich wieder komplett. »Danke«, sprach ich.

Auf einmal entstand dieses seltsame Schweigen. »Ehm, ja …«, begann ich und ging voraus.

Naoma folgte mir und öffnete die Tür so leise wie möglich. »Du wirst gleich meine Mutter kennenlernen.«

»Okay.«

Wir liefen die Treppe hinunter und ich war wirklich froh, als ich unten ankam. Es schien nämlich, als würden die Stufen bei jedem meiner Schritte nachgeben.

»Mam?«, rief Naoma.

Es war unheimlich still in dem Haus.

»Mutter?« Naoma holte tief Luft. »Sie ist nicht mehr hier, auch gut«, meinte sie nur und zuckte mit den Schultern.

»Okay, ich finde alleine zurück. Wir sehen uns morgen?«, fragte ich.

Naoma nickte.

Während ich die Haustür hinter mir schloss, war es, als ließe ich eine Welt zurück. Das hier war anders. Das hier war das Leben. Eines, in dem Menschen Tag für Tag aufstanden, um zu arbeiten, Schulabschlüsse zu machen, zu heiraten, Kinder zu bekommen und irgendwann zu sterben. Und ich war nicht mehr Teil davon. Ich brauchte keinen Schulabschluss, keine Arbeit, ich würde keine Kinder haben und musste mir auch keine Gedanken darüber machen, wie meine Zukunft aussehen würde. Jeder Gedanke schien vergeudetet zu sein und auf einmal wollte ich nur noch leben. Ich wollte mir Gedanken um meine Zukunft machen, Gedanken um meine Schule oder darum, was ich werden wollte, welchen Mann ich eines Tages heiraten würde und was ich am Tag meiner Hochzeit tragen sollte. Ja, es stimmte. Man wollte immer das, was man nicht haben konnte.

Lektion 17

Wir müssen nicht alles verstehen, sondern nur bereit sein, Dinge zu ändern, um diese Welt ein bisschen besser zu machen.

Naoma wusste viel. Sie war klug und wusste, wie man Informationen sammelte. Sie hatte keine Angst vor der Wahrheit. Obwohl … Vielleicht hatte sie das und zeigte es nie. Naoma war stark, ihre Gedanken waren immer auf ihr Ziel fokussiert. Doch etwas wusste sie nicht.

Ich hatte mir Tris' Adresse aufgeschrieben. Nicht direkt ihre Anschrift, aber bei einigen Fotos, die sie wahrscheinlich zu Hause aufgenommen hatte, war ein Stadtteil verlinkt.

Da stand ich nun mit einer dreiunddreißigprozentigen Chance, dass ich das richtige Stadtviertel erwischt hatte.

Ich hatte nichts außer diesem Zettel in der Hand. Während der Wind spielerisch durch meine Haare strich, kamen mir ein paar Gründe in den Sinn, warum das hier keine gute Idee war. Aber was hatte ich zu verlieren? Ich ging weiter.

Die Ortschaft Nessegrev befand sich in einem eigenartigen Viertel. Alle Häuser sahen gleich aus, nur die Hausnummern waren unterschiedlich. Weiße Wände, blaue Fensterläden und dunkle Dächer. Die Gärten waren prächtig, überall waren bunte Blumen, die Rasen waren perfekt getrimmt und kein Unkraut zerstörte das sich bietende Bild. Niemand war zu sehen. Da und dort standen teure Autos, doch kein Mensch schien damit zu fahren, dafür wirkten sie zu neu. Eine Zeitung wehte über den Weg. Nun gut, hier war ich also.

Ich machte mich auf den Weg zu dem ersten Haus. *Nummer 1*, war auf ein Holzschild geschrieben. Die Fenster waren fest verschlossen und auch sonst regte sich nichts. Ich stieg die weißen Stufen zur Eingangstür hoch und zögerte einen kurzen Moment, ehe ich klingelte. Nichts passierte. Ich probierte es erneut. Nach wenigen Minuten gab ich auf und lief weiter zu Nummer zwei.

Weiße Rosen blühten in dem Garten und ein Apfelbaum warf einen langen Schatten. Ein kleines Vogelhaus war auf dem untersten Ast platziert. Eine Böe ließ die Blätter rascheln und ließ die Stille beinahe unheimlich erscheinen.

Ich setzte meinen Weg fort und läutete auch bei diesem Haus. Wieder nichts …

Ich klingelte ein letztes Mal.

»Ich möchte weder die Religion wechseln noch irgendetwas abonnieren.«

Erschrocken zuckte ich zusammen und drehte mich um. Eine alte Dame, etwas kleiner als ich, stand mitten im Garten. Sie stütze sich auf einen Stock und blickte missmutig zu mir. Ihre ergrauten Haare waren streng zurückgebunden. Um ihren Hals trug sie eine dicke Perlenkette und das alte, graue Kleid, das sie anhatte, flatterte um ihre Beine.

»Verzeihen Sie!«, rief ich und lief die Stufen hinunter.

»Du holst dir den Tod, wenn du dir keine Schuhe anziehst«, sprach sie hustend und deutete auf meine nackten Füße.

»Ich denke, das Leben hat mich bereits aufgegeben, aber danke für den Tipp.« Ich nickte freundlich und blieb kurz vor ihr stehen. »Kennen Sie eine Tris?«

Die Frau ließ mich nicht eine Sekunde aus den Augen. »Tris?« Sie schien einen Moment zu überlegen.

Ich nickte.

»Kennst du sie denn?«, fragte die Dame zögerlich.

»Ja, schwarzes schulterlanges Haar, einnehmendes Lächeln und sie trägt meistens lange Kleider«, antworte ich.

»Dann solltest du auch wissen, dass sie gar nicht hier wohnt.« Sie kniff ihren Mund zu einem schmalen Strich zusammen.

»Verzeihen sie. Ich habe mich wohl geirrt.« Dankend hob ich die Hand.

»Eine ihrer Freundinnen lebt im Haus mit der Nummer acht. Beatrice war schon oft hier. Doch wenn du mich fragst, sind das keine netten Mädchen.« Sie schüttelte den Kopf.

»Danke vielmals! Sie haben mir damit sehr geholfen.« Ich lächelte und lief weiter.

Die alte Frau nickte nur still und kümmerte sich wieder um ihre Angelegenheiten.

Das Haus acht unterschied sich in keiner Weise von seinen Vorgängern. Nur die Zahl hob sich von den anderen ab, denn sie war rot. Ich wollte gerade weiterlaufen, als ich etwas bemerkte – oder besser, jemanden. Raven stand einige Meter von mir entfernt.

»Was machst du hier?«, zischte ich. Natürlich war ich froh, dass er nicht verschwunden war, aber ich fühlte mich verfolgt.

»Blonde Mädchen von Dummheiten abhalten.« Er lächelte so, dass man die weißen Zähne sah. Seine Augen wirkten heute bräunlich. Es war eher ein Hellbraun, nicht so dunkel wie sonst.

»Du siehst also meine wahre Erscheinung.« Jetzt grinste ich. *Wusste ich es doch!*

»Ich denke, das ist kein Geheimnis. Das solltest du inzwischen begriffen haben.« Erneutes Grinsen.

Ich blickte ihn ziemlich verwundert an. »Was?«

»Dass die Menschen, die dem Tod nahestehen, dich so sehen, wie du wirklich bist. Als ein Mädchen mit blonden Haaren, großen Augen, bleicher Haut und schuhlosen Füßen.«

Hinter uns öffnete sich eine Haustür. Nummer acht, das Haus, in dem Tris zuletzt gesehen wurde. Ein Kind schrie, eine Mutter rief ungeduldig nach jemandem und weiter hinten bellte ein Hund. Die alte Frau von vorhin stand in ihrem Garten und bückte sich, um etwas aufzuheben. Auf einmal schien endlich Leben in die Straße einzukehren. Doch durfte man es so nennen, wenn der Tod an einige der Türen klopfte?

Jetzt, als ich darüber nachdachte, sah ich es genau … dieses Dasein und all seine Farben.

Aber vielleicht ging es gar nicht darum, das Leben zu verstehen. Vielleicht ging es gar nicht um all die Gedanken, die wir uns ständig machen, nicht darum, was richtig und was falsch ist. Vielleicht ging es einfach darum, dass wir leben, jeden unserer Atemzüge genießen und keinen Gedanken an morgen verschwenden. Diese Welt mochte kaputt sein, allerdings bedeutete das nicht, dass man nichts dagegen tun konnte. Wir mögen dieselbe Luft atmen, doch jeder von uns hatte seine eigenen Gedanken. Gedanken, die wie Bilder durch Raum und Zeit flogen. Vielleicht konnten wir nicht zaubern, aber wir waren in der Lage, Wunden zu heilen, solange wir nur an uns selbst glaubten.

Lektion 18

Geheimnisse sind die Währung der heutigen Zeit. Sei vorsichtig damit, wen du deinen Freund nennst. Manche spielen nur ihre Spiele, um sich zu bereichern.

Stell dir vor, all unsere Gedanken könnten fliegen, bunte Bilder würden vor unseren Augen erscheinen und wie Gemälde über das Himmelszelt wandeln, eins nach dem anderen. Für einen Moment würden wir alles vergessen und nur zum Himmel sehen, diese Gedanken erkennen und uns wundern, was sie bedeuten mochten …

»Menschen, die dem Tod nahestehen?«, fragte ich.

Raven nickte. Die ältere Frau war inzwischen in ihrem Haus verschwunden.

»Dann kannst du mir also endlich verraten, wer du bist?« Ich blickte in seine Augen. Dunkle Schatten huschten über seine Gesichtszüge. Auf einmal herrschte wieder Stille. Sie umgab uns, als befänden wir uns in einer riesigen Seifenblase. Die Zeit war ein Dieb, allerdings fühlte es sich in dem Augenblick wirklich so an, als wäre sie stehengeblieben. Keine Regung, kein Laut, nichts war zu hören oder zu fühlen.

»Ich bin der, der aufpasst, dass du nichts Dummes anstellst.«

Ich nickte. Ich wusste nicht, was das bedeuten sollte, aber der Kerl konnte ohnehin nur in Rätseln sprechen.

Der Wind strich mir durch das blonde Haar und auf einmal war wieder alles um mich herum zurück. Die Seifenblase um uns herum war genauso schnell geplatzt, wie sie erschienen war.

»Ich habe etwas zu erledigen«, meinte ich und drehte mich um.

»Du solltest diese Dinge nicht alleine bewältigen. Du könntest daran zerbrechen.« Seine Stimme war leise aber bestimmend.

»Ich ertrage die Wahrheit, ich habe sie akzeptiert«, antworte ich ihm, ohne mich umzudrehen.

»Denken wir das nicht alle?« Schon wieder war es nicht mehr als ein Flüstern, doch es fühlte sich an, als würden mich seine Worte einhüllen. Ich schüttelte den Kopf und lief weiter.

Die Tür zu dem Haus war nur leicht angelehnt. Verwundert blieb ich stehen. Die Vorhänge der Fenster waren zugezogen. Ich klingelte und trat ein Stück zurück. Irgendwie kam mir das Ganze hier vor wie in einem schlechten Horrorfilm.

Ich hörte Schritte und sie wurden immer lauter. Ein energisches »Komme!« erklang. Es dauerte eine Weile, bevor eine etwa vierzigjährige Frau die Tür öffnete. Sie hatte ihr dunkles Haar streng zurückgebunden und um ihren Hals hing eine ähnliche Perlenkette wie bei der alten Frau vorhin. Jedoch trug sie High Heels und einen eleganten Rock.

»Wie kann ich helfen?«, fragte sie ärgerlich.

»Haben Sie eine Tochter?«

Verwundert sah sie mich an. Jedoch nur einen kurzen Moment, ehe sie ihre Augen zusammenkniff.

»Ist das für irgendeine Firma?«

»Nein«, sprach ich und überlegte dabei fieberhaft, was ich als Nächstes sagen konnte.

»Nein?« Ihre Stimme hatte einen eigenartig schrillen Ton, der mir in den Ohren schmerzte.

»Ich suche eine gewisse Tris.« Ich versuchte, in ihre blauen Augen zu sehen. Ihr Blick war weit mehr als nur ein bisschen finster.

»Beatrice?«, hakte sie nach.

»Ja, genau.«

»Sie ist eine Freundin meiner Tochter. Was willst du von ihr?«

Die Dame verschränkte die Arme vor der Brust und lehnte sich an den Türrahmen.

»Sie hat gestern etwas in der Schule vergessen und ein Mädchen hat mir diese Adresse genannt«, murmelte ich.

»Gestern war doch die … die Lehrerkonferenz? Meine Tochter und sicher auch Beatrice hatten den ganzen Tag frei.«

Wunderbar gemacht …

»Könnte auch vorgestern gewesen sein.« Ich lächelte gequält.

Sie zögerte und es schien, als hätte sie mir am liebsten die Tür vor der Nase zugeknallt.

»Warte hier«, meinte sie nach einer Weile und lief in das Innere des Hauses. Ihre Schritte verstummten allmählich.

Ich blickte kurz über meine Schulter, um nachzusehen, ob Raven noch da war. Natürlich war er das nicht.

»Wie kann ich helfen?«, fragte eine Mädchenstimme.

Ich drehte mich um. Direkt vor mir stand eine junge Frau. Ihr Gesicht ähnelte dem der Frau von eben, jedoch hatte sie platinblonde Haare. Ihre Augen waren geschminkt, als ob sie zu den Oscar-Verleihungen eingeladen worden wäre, und ihre Füße steckten ebenfalls in diesen hohen Ungetümen.

»Ich suche eine Tris.«

»Kennt sie dich?« Sie betrachtete mich von oben bis unten.

»Ich bin nicht für ein Interview hier«, antwortete ich.

Das Mädchen schnaubte kurz und rollte mit den Augen. »Alles klar. Sie ist nicht hier, aber ich kann ihr gerne etwas ausrichten.« Sie lächelte das wohl falscheste Lächeln in der Geschichte der Menschheit.

Ich hatte allerdings nicht viel Zeit, mich darüber aufzuregen, denn da war auf einmal eine Erinnerung.

Genau wie jetzt stand ich vor dem Haus und blickte zu dem Mädchen hoch.

»Ist Tris hier? Sie war heute nicht in der Schule«, sprach ich leise.

»Tris? Ich kenne keine Tris«, meinte sie kichernd. Sie trug ein langes, himmelblaues Kleid und hatte Locken. An ihren Füßen befanden sich keine Schuhe und ihre Zehennägel hatten die gleiche Farbe wie der Stoff ihres Outfits. Hinter ihr erklang ebenfalls ein Kichern. Jedoch gepresst, so als würde sich jemand die Hände vor den Mund halten.

»War das nicht gerade Tris?«, fragte ich und konnte deutlich spüren, wie mein Herz kräftig in der Brust schlug.

»Nein, du irrst dich.« Sie begann wieder zu lachen und die Person im Schutz des Hauses stimmte ein. Ich presste den Mund zu einem schmalen Strich zusammen.

»Danke«, murmelte ich. Die Hände hatte ich zu Fäusten geballt und meine Augen brannten. Ich wollte meine Schwäche trotz alledem nicht in Anwesenheit dieses Mädchens zeigen, also drehte ich mich einfach um und ging.

»He!«, rief das Mädchen mir nach.

Ich blieb stehen und warf einen Blick zu ihr.

»Tris ist nicht hier, aber ich kann ihr gerne etwas ausrichten«, schnurrte sie mit einem falschen Lächeln.

Ruckartig öffnete ich die Augen und sah in das Gesicht des Mädchens. Sie sah mich angewidert an. Es wirkte beinahe so, als hätte sie in eine Zitrone gebissen. In ihrem Blick lag Abschätzigkeit. »Bist du gerade eingeschlafen?«, kicherte sie.

Das war wahrscheinlich der erste Moment meines toten Lebens, in dem ich verfluchte, dass ich keiner dieser Horrorfilm-Geister war. Ich würde mich in ihrem Bett einnisten und sie leise mit dem Kissen ersticken. Oder sie so lange kitzeln, bis sie keine Luft mehr bekäme, ihre Musik auf dem Handy löschen, peinliche Bilder an ihre Freunde schicken oder ihren ganzen Make-up-Kram die Toilette hinunterspülen.

»Ja, ich schlafe immer ein, wenn Leute mich langweilen«, meinte ich und schob ein Gähnen hinterher.

Sie rollte nur erneut mit den Augen und knallte mir die Tür vor der Nase zu.

Viel genutzt hatte mir das alles nicht. Ich wusste jetzt nur, dass diese Tris die richtige war oder zumindest etwas mit diesem Mädchen zu tun hatte.

Ja, falsche Freunde konnte man nicht vermeiden. Sie gehörten irgendwie zum Leben wie das Wasser ins Meer. Man konnte nur versuchen, sie früh zu erkennen. Denn auch wenn sie ihre Masken trugen, so mussten sie diese irgendwann ablegen, um kurz Luft zu holen, bevor sie ihre Rolle weiterspielten. Das Leben war nicht mehr als ein Theater, ein ständiges Heben und Senken des Vorhangs.

Lektion 19

Diese Welt ist stärker, als wir denken. Wir sind nicht alleine, keinen einzigen Augenblick. Unsere Namen schwirren immer durch irgendwelche Gedanken. Jeder Atemzug ist ein Schritt vorwärts.

Mai … M-a-i

Der Name Mai hat viele Bedeutungen. Auf Japanisch heißt es *Tanz*, *Regentropfen* auf Arabisch, *Kojote* auf Indianisch und auf Vietnamesisch *Blume*.

Was ein Name manchmal alles ausmachen konnte, wenn man genauer darüber nachdachte … Er machte uns zu einem Individuum.

Was »Tris« wohl bedeutet? Ich schüttelte den Kopf und blickte in den Himmel. Manchmal fielen mir bestimmte Dinge ein. Ich hatte mich daran gewöhnt und irgendwie erleichterte es mich. Das tote Mädchen brauchte schließlich seine Erinnerungen zurück. Doch dieses Mal war es vollkommen anders.

Seit ich wieder bei der Brücke war, schien sich meine Welt zu drehen. Bilder tauchten auf und verschwanden. Wie ein Sturm, der in meinen Gedanken tobte.

Meine größte Angst war immer gewesen, in Vergessenheit zu geraten. Dass ich von einem Tag auf den anderen nicht mehr da war, keiner sich an meinen Namen erinnern würde und nur noch ein Hauch von mir durch die Felder streifte.

Ob die Menschen sich an meinen Namen erinnerten? Immerhin hatte ich, seit ich hier war, keine einzige Kerze oder sonst etwas gesehen, das einen Hinweis darauf gab, dass ich gestorben war. Hatten die Menschen um mich geweint? War ich ermordet worden?

Der Wind durchkämmte meine Haare wie eine beruhigende Berührung. Das Leben war so kostbar, jeder einzelne Augenblick davon.

Ich hielt Tris' Brief in den Händen. Ich dachte ernsthaft darüber nach, ihn zu lesen. Bis jetzt wusste ich nicht viel über dieses Mädchen. Ich wusste, dass sie einmal meine Freundin gewesen sein musste und es dann anscheinend nicht mehr gewesen war.

Der Umschlag war fleckig und zerknittert. Die Zeit hatte ihre Spuren hinterlassen. Das Gras kitzelte an meinen Füßen, die ich ausgestreckt hatte und noch immer trug ich Ravens Sachen.

Was waren schon Sekunden, Minuten, Stunden in einem Leben wie diesem hier? Jeder hatte Augenblicke, an die er zurückdachte, die ihn glücklich machten. Viele vergaßen dabei aber etwas Wichtiges. Ein Moment konnte auch nur aus einer einzelnen Sekunde bestehen. Aus einem Windhauch, Wimpernschlag, Atemzug, Lächeln … Ja, sogar aus einer einzelnen Träne, aus einem einzigen Gedanken.

Der Mensch neigte dazu, erst viel zu spät zu erkennen, dass er reicher ist, als er dachte.

Meine Hände zitterten leicht. Sollte ich es wirklich wagen und den Brief lesen?

»Hier bist du.«

Ich drehte meinen Kopf in die Richtung, aus der die Stimme kam. Raven stand hinter mir, genau unter der Brücke beim Lager, während ich auf der Wiese hockte.

»Kann es sein, dass du immer dann auftauchst, wenn ich versuche etwas herauszufinden?«, sprach ich gelassen.

»Wie bereits gesagt, will ich dich nur davon abhalten, verheerende Dummheiten zu begehen.« Er nickte gelangweilt.

»Ich habe die Wahl. Entweder ich lese den Brief und erfahre etwas oder ich warte auf diesen komischen Schulball.« Ich wandte mich wieder um und starrte auf den Umschlag.

Die Antworten auf meine Fragen sind genau hier, direkt vor meinen Augen.

»Es ist nicht das Ziel, dass du die Briefe liest.«

»Was ist denn mein Ziel?« Erneut strich der Wind durch mein Haar.

Er antwortete nicht. Ich wusste nicht einmal, ob er noch an derselben Stelle stand.

»Raven … R-a-v-e-n …« Ich dachte einen Moment lang nach.

»Das ist nicht dein richtiger Name, ich weiß. Aber es bedeutet Rabe. In der Mythologie hat er die Seelen geholt und sie ins Jenseits gebracht.«

Ein raues Lachen erklang hinter mir.

»Das ist ein bisschen veraltet, nicht?«

Ich lächelte. »Ich finde, es passt ganz gut.«

Schritte kamen näher und ehe ich mich versah, hockte er sich neben mich in das Gras. Er blicke geradeaus, die dunklen Haare hüllten seine Augen in Schatten.

»Wenn wir sterben, beginnt unsere Seele zu vergessen. Jeden Tag ein bisschen mehr. Doch bei dir scheint es, als könntest du nicht loslassen. Dein ganzes Ich weigert sich, Abschied zu nehmen. Darum bist du wieder hier. Damit du dich an all diese Dinge, die dich belasten, erinnern kannst, dass du dich an die Menschen erinnerst, ihnen die Briefe bringst und abschließt.«

»Dann bin ich nur hier, um mich an alles zu erinnern, damit ich es gleich danach wieder vergessen kann?« Ich schnaubte. Ja, das Leben hatte etwas Ironisches an sich.

»Wofür das Ganze gut ist, wirst du noch erfahren. Vielleicht versuchst du in der Zwischenzeit, einen Empfänger der anderen Briefe ausfindig zu machen.«

Ich nickte und wandte meinen Blick nach vorne.

Leben … L-e-b-e-n …

Dieses Wort hatte viele Bedeutungen, aber die wichtigste war, dass man niemals aufgab.

Lektion 20

Manchmal versteht man die Regeln des Lebens nicht, aber das ist der Punkt – Es gibt keine.

Ich hatte mein ganzes Leben damit verbracht, über meine Zukunft nachzudenken. Ich wollte etwas verändern, die ungerechten Dinge verbessern. Ich wollte den Leuten ihr Lachen zurückgeben, den Tieren ihr Vertrauen und der Erde ihre Existenz. Ich wollte nicht einen Moment verschwenden, hatte oft an die Vergangenheit gedacht und wie sehr ich mir gewünscht hatte, das kleine Mädchen von früher zu sein. Wenn ich gekonnt hätte, wäre ich wieder sechs Jahre alt gewesen und mit meinen Freunden über den Schulhof gerannt, hätte mich im hohen Gras versteckt, die Schokolade aus dem Küchenschrank geklaut, Bücher bis spät in die Nacht gelesen und heimlich für einen Superstar geschwärmt.

Irgendwann war ich älter geworden und hatte immer mehr vergessen, dass dies hier MEIN Leben war. Ich hatte so viel vorgehabt, aber plötzlich hatte sich das Leben dafür entschieden, mich aufzugeben.

Die Menschen wünschten sich Geld, Freunde, Macht oder das neueste Videospiel, während ich einfach leben wollte. Vielleicht würde ich dann besser auf mein Leben aufpassen.

»Wie bist du gestorben?«, fragte ich. Die Sonne war bereits untergegangen. Raven und ich lagen im Gras und blickten zu den Sternen. Man erzählte sich, dass jeder Verstorbene zu einem Stern wurde und hoch oben am Himmel strahlte. Welcher davon wohl mir gehörte?

»Autounfall«, sprach er gelassen. Er hatte die Augen geschlossen und die Hände hinter dem Kopf verschränkt.

»Damit kann ich nicht wirklich viel anfangen.« Es war, als ob wir hier über etwas völlig belangloses wie Kuchensorten reden würden.

»Ich war jung und wollte mit Freunden etwas ausprobieren. Mitten in der Nacht, nach einigen Flaschen Bier, kam uns dann in den Sinn, den Wagen von meinem alten Herren zu nehmen. Ich saß hinten, hatte jedoch keinen Sicherheitsgurt. Die Karre besaß nur vier und wir waren zu fünft. In meinem Dorf gab es so ein abgelegenes Waldstück. Da fuhren nur selten Autos durch und man konnte ohne Probleme dort hindurchrasen. Wir drehten die Musik auf und rauschten los. Ich hatte Angst, meine Hände zitterten, aber wir waren unreif und irgendwie wollte ich nicht das feige Huhn spielen.« Er lachte kurz auf und öffnete für einen Moment die Augen.

»Wir fuhren los, wurden immer schneller und mit einem Mal waren da die Scheinwerfer eines anderen Autos. Ich sehe es noch immer vor mir, das grelle Licht. Ich hörte Reifen quietschen, nahm den Geruch von Verbranntem wahr und das Geräusch von Metall auf Metall. Mein Körper flog durch die Windschutzscheibe, zumindest sagte mir das einer der Engel. Ich selbst bin plötzlich im Warteraum des Himmels aufgewacht.«

»War das nicht schrecklich?«, flüsterte ich.

Er zuckte nur mit den Schultern. Der Mond verlieh seinem Gesicht etwas Eigenartiges. Seine Augen wirkten beinahe so hell wie die Sterne über uns. Ein seltsamer Schimmer lag in ihnen.

»Nicht wirklich«, antwortete er gelassen. »Ich hatte kein Problem damit.«

Ich wandte den Blick erneut nach oben. *Wenn ich nur so gelassen wäre.* »Und du passt nun auf, dass andere Tote, wie ich, keine Dummheiten machen?«

»So in etwa. Mein Körper kann nicht mit dem Leben abschließen«, meinte er spöttisch.

»Das klingt irgendwie traurig.«

»Sagt das Mädchen, das keine Ahnung hat, wie es gestorben ist.«

»Dann erzähl es mir.« Ich blickte zu ihm. Heute war das Wetter seltsam ruhig. Keine Regenwolken am Himmel, kein Wind, der mir stürmisch durch die Haare fuhr.

»Lass mich überlegen … Nein.« Seine Lippen verzogen sich zu einem Lächeln.

»Idiot.«

»Was?«

»Nichts. Ich hatte was im Hals.« Ich lächelte und drehte den Kopf wieder zum Sternenhimmel.

Eine Weile lagen wir einfach da und schwiegen. Seine Atemzüge waren gleichmäßig und ermüdeten mich irgendwie. Ich verstand nicht ganz, weswegen er einen Herzschlag hatte und ich nicht. Doch ich wollte nicht nerven, indem ich ihn weiter mit Fragen löcherte.

»Ich kann dir helfen«, sprach er plötzlich.

»Womit?« Überrascht sah ich zu ihm. Die Luft um mich herum wirkte auf einmal kühler.

»Gib mir deine Briefe.«

Ich stand auf und ging zu dem Lagerplatz. Sie befanden sich gut behütet unter meiner inzwischen trockenen, roten Lederjacke. Es waren nur noch vier. Eilig lief ich zurück und gab ihm die Umschläge.

Er wirkte mit einem Mal konzentriert. Um uns war es still, kein Rascheln, rein gar nichts drang an meine Ohren. Einige Minuten vergingen, ehe er wieder aufsah.

»Diese Tris wirst du auf dem Ball wiedersehen.«

»Das ist alles?« Ich verschränkte die Arme vor der Brust.

Er seufzte und rollte mit den Augen. »Du bist unmöglich, kleines Mädchen. Ich kann dir momentan nicht noch mehr helfen.«

»Wenigstens noch einen winzigen Hinweis.«

»Dieser Leo …« Er wedelte mit dem Umschlag vor mir herum.

»Ja?«

»Es gibt einen Skatepark in der Stadt, du wirst ihn dort finden.«

Er ließ den Brief ins Gras fallen.

»Das ist so komisch«, sprach ich.

»Was?«

»Es ist, als ob ich meine eigene Geschichte ein weiteres Mal durchleben würde.«

»Abschließen ist ein großer Teil des Lebens.«

»Manchmal frage ich mich, warum? Warum kann nicht alles für immer sein?« Das Wasser direkt vor mir wirkte heute eigenartig ruhig.

»Schöne Momente währen niemals lange. So ist das mit dem Leben, ehe man sich's versieht, ist es vorbei.«

Ich nickte. Morgen würde ich mit Naoma bei dem Skatepark vorbeischauen und Leo finden.

Und damit schloss ich meine Augen und um mich herum wurde die Welt schwarz. Selbst das Leuchten der Sterne war mit einem Mal verschwunden.

Lektion 21

Sei mutig genug für die Wahrheit. Ich weiß, eine Lüge kleidet gut, aber sie frisst dich von innen auf und ehe du es merkst, bist du nur noch eine Hülle.

Es war drei Uhr nachmittags, zumindest hatte mir das die Uhr eines Geschäftes angezeigt. Es war warm und ich hatte meine Jacke bei Raven gelassen. Die kleinen Steine auf dem Boden piksten in meine nackten Füße, während sich die Luft um mich herum stickig anfühlte. Naoma war nicht aufgetaucht, allerdings hatte ich Raven gesagt, er solle ihr sagen, wo ich bin, wenn sie zu der Brücke kommen würde.

Der Skatepark lag etwas abseits und ich traf kaum Leute auf dem Weg. Schon von weitem hörte man begeistertes Jubeln. Neugierig beschleunigte ich meine Schritte. Ich hatte den Brief für Leo in der linken Hand. Das Papier fühlte sich rau und unwirklich an. Ich hatte bei jedem noch so kleinen Luftzug Angst, dass dieser mir den Brief entreißen würde.

Der Park befand sich inmitten eines Industriegebietes. Eine große Halfpipe stand in der Mitte, rundherum waren verschiedene Hindernisse aufgebaut und ein kleiner Eisenzaun umspannte die gesamte Anlage. Dichte Pflanzen krochen an dem Gitter entlang und Rost hatte sich in das Metall gefressen. Ausgeblichenes Graffiti hinterließ seine Spuren auf den kahlen Wänden. Ein etwas magerer Kerl mit einem viel zu großen Shirt und schulterlangen Haaren, die von einem Cap gebändigt wurden, schlich mit einer Videokamera herum. Zwei Jungs wagten gerade einige waghalsige Stunts auf der Halfpipe, während ein Mädchen daneben applaudierte.

Ich trat näher an den Zaun heran und versuchte die Gesichter der Menschen zu erkennen. Jetzt entdeckte ich auch die drei Kerle, die weiter hinten im Schatten standen und lachten. Ich stützte die Hände auf dem Drahtgeflecht ab und beugte mich weiter nach vorne. Die Sonne brannte in meinen Augen, jedoch brachte mich das nicht von meiner Aufgabe ab.

Laute Musik dröhnte aus großen Boxen. Diese standen achtlos im Weg. Kein Wunder, dass dieser Park so weit draußen errichtet worden war, die Musik hörte man wahrscheinlich bis ins nächste Dorf.

Einer der Skater verlor die Kontrolle über sein Board und knallte heftig auf den Betonboden. Der Typ mit der Videokamera verzog das Gesicht, hielt jedoch nicht inne mit filmen.

Ich lehnte mich noch etwas weiter nach vorne, um die Gesichtszüge der Y-Chromosom-Träger im Schatten zu erkennen. Leider war der Zaun wirklich winzig und ungeschickt machte ich nun ebenfalls unsanft Bekanntschaft mit dem Boden. Wenigstens konnte ich den Aufprall mit den Händen abfangen.

»Kann man dir helfen?«, fragte das Mädchen neben mir und blickte mich gelangweilt an. Sie hatte die Arme in die Hüften gestemmt und kaute ziemlich auffällig auf einem Kaugummi herum.

Ich stand langsam auf und klopfte mir die Hände am Oberteil ab. Erst jetzt fiel mir der Brief auf. Er musste mir aus der Tasche gefallen sein und lag nun im Dreck. Eilig hob ich ihn auf. Das Mädchen betrachtete mich misstrauisch.

»Ich suche einen gewissen Leo.«

Inzwischen war der Kerl mit der Kamera ebenfalls auf mich aufmerksam geworden. Er drehte sich in meine Richtung und filmte weiter. Da konnte ich nur hoffen, dass er später, wenn er sich seine Aufnahmen ansah, keinen Geist auf seinen Aufnahmen entdecken würde.

»Leo?«, wiederholte das Mädchen und warf einen Blick über meine Schulter.

Irgendjemand hatte die Musik leiser gedreht.

»Ja, Leo.«

»Wie kann ich helfen?« Ich brauchte mich nicht umzudrehen, ich wusste ohnehin, dass Leo einige Meter hinter mir stand. Die Stimme kam mir so vertraut vor und als ich endlich mein Gesicht in seine Richtung wandte, schien mein inneres Ich diese Person zu erkennen. Leo hatte blondes Haar und grüne Augen. Ein Teil der Haare war unter einem Cap verborgen und in der linken Hand hielt er ein Skateboard. Er hatte ein warmes Lächeln und seine Augen strahlten. Jedoch fielen mir auch die dunklen Schatten auf, die sich darunter befanden. Mein Herz zog sich zusammen. Nicht, dass ich noch eines besessen hätte, aber es fühlte sich so an.

Doch wo waren die Erinnerungen? Meine Hand umklammerte den Brief und der Rest meines Körpers war ebenfalls angespannt.

»Ich bin neu hier«, stammelte ich nervös. Die anderen um uns herum gingen wieder ihren Beschäftigungen nach und auch der Kerl mit der Kamera schien kein Interesse mehr an mir zu haben. Da standen also nur Leo und ich.

Er steckte eine Hand in die linke Hosentasche und zog eine Packung Zigaretten hervor. »Möchtest du?«, fragte er und nahm sich eine aus der Schachtel.

»Nein, danke. Ich bin ganz zufrieden mit der Luft um mich herum«, meinte ich lächelnd. Für einen Moment erstarrte er. Das Feuerzeug hielt er direkt vor seine Kippe, doch keine Flamme kam heraus. Schmerz flackerte in seinem Blick auf und ich hatte Angst, er würde sich einfach umdrehen und weglaufen. Aber es waren nur wenige Sekunden, danach wirkte alles wieder normal. Er setzte sein Lächeln auf und zündete den Glimmstängel an.

»Wie ist dein Name?«

»Mai.«

»Wie der Monat?« Diese Frage gehörte langsam zu meinem Alltag.

»Genau.« Ich nickte und wusste nicht mehr, was ich sagen sollte. Der Geruch von Rauch kroch in meine Nase. Wäre ich noch am Leben, müsste ich wahrscheinlich husten.

»Wie gefällt es dir hier?« Er nahm einen tiefen Zug und blickte in den Himmel. Einige Vögel flogen dort ihre Kreise.

»Hier? In der Stadt?«, flüsterte ich beinahe. Das Gespräch war völlig belanglos und doch so vertraut.

»Nein, in meiner Nähe.« Er lachte. »Natürlich in der Stadt.« Schon wieder zeigte er mir seine weißen Zähne. Er war anders. Er war dieser typische Rebell, in den sich junge Teenager-Mädchen hoffnungslos verliebten. Er war nicht so distanziert wie Raven, hatte etwas Offenes an sich und dennoch umgab ihn eine geheimnisvolle Aura.

Ich kannte nicht mal den Namen der Stadt. »Ganz nett.«

»Du erinnerst mich an jemanden.« Er nickte und zog erneut kräftig an der Zigarette. »Im Übrigen darfst du ruhig sagen, dass es hier ziemlich heruntergekommen ist.«

»Ich kenne mich hier nicht so aus, aber ich mag den Park mit der Brücke bei der Baiden Street 24.«

»Die Brücke ist relativ hoch, nicht wahr?« Er schüttelte den Kopf und warf den Kippenstummel mit einer lässigen Bewegung weg.

»Die Höhe ist nur ein Hindernis in unseren Gedanken …«, begann ich.

»… alles andere ist möglich, solange wir nur daran glauben«, vervollständigte er meinen Satz und starrte mich wieder einen Moment nachdenklich an.

Da waren wir also, sahen uns an und wirkten so vertraut. Zwei Menschen, die sich einst kannten, jetzt allerdings Fremde waren. Und da war sie, eine Erinnerung aus der hintersten Ecke meiner Gedanken.

Er stand mit mir bei der Brücke, trug eine blaue Badehose und blickte hinunter. Das Wasser war ein wenig höher als normalerweise und die Sonne brannte erbarmungslos auf unsere Köpfe. Wir waren nicht die Einzigen, die sich hier versammelt hatten. Meine Schwester hielt sich ein wenig weiter hinten auf und unter uns, neben dem Fluss im Rasen, lagen einige Handtücher, auf denen Leute fläzten. Als wäre es selbstverständlich, griff ich nach seiner Hand. Für ihn war es leicht, hier hinunterzuspringen. Er zog seine Hand langsam wieder weg. »Die anderen beobachten uns«, flüsterte er nur und schüttelte den Kopf.

Ich nickte und versuchte, nicht auf die Zweifel in meinen Gedanken zu hören. Er setzte sich mit einem eleganten Schwung auf den Holzrand der Brücke und machte sich bereit. Ich dachte schon, er würde jetzt springen, doch er zögerte einen Augenblick.

»Wovor hast du Angst? Vor dem kalten Wasser oder dem Sprung?« Er sah mir in die Augen und ich ignorierte für einen Augenblick das Rauschen des Flusses, das wie ein Schrei in meinen Ohren dröhnte.

Ich lachte. »Ich habe keine Angst vor dem Sprung oder dem Wasser.«

Leo nickte und sprang. Es dauerte ein bis zwei Sekunden, bis man hörte, wie sein Körper die Wasseroberfläche durchdrang. Er tauchte auf und strich sich die nassen Haare aus dem Gesicht. Die Leute unter mir jubelten und Leo lachte. Das Wasser war sicherlich kalt, aber nicht so eisig wie die Kälte, die mein Herz zu diesem Zeitpunkt umgab. Nein, ich hatte keine Angst vor dem Wasser. Es würde meine Augen öffnen, mich aufwecken, und der Sprung würde all die dunklen Schatten um mich herum vertreiben. Ich fürchtete mich davor, wieder aufzutauchen. Vor dem Moment, in dem ich die ganze Wahrheit erkannte und realisierte, dass das alles hier nur eine Lüge war. Ja, ich war das kleine dumme Mädchen und er der Junge, der wusste, wie man log.

Meine Hände umklammerten das Holz der Brücke. Ich würde nicht springen. Doch ich hoffte, dass ich eines Tages mutig genug dafür wäre. Allerdings war das nur ein leises Wispern im Sturm …

Lektion 22

Gib den Menschen nur so viel, wie sie dir auch zurückgeben. Lass dich nicht verändern und fühle dich frei, du selbst zu sein.

Atmen, einfach nur atmen …

Ein und aus in einem gleichmäßigen Rhythmus.

Das Gefühl, wenn sich unsere Lungen mit Luft füllten, wir tief einatmeten und all unsere Probleme beim Ausatmen aus dem Körper stießen … Man konnte die Freiheit förmlich schmecken in dem winzigen Moment, in dem wir alles um uns herum aufnahmen.

»Magst du Erdbeereis? Es gibt in der Nähe einen coolen Laden.« Leo lächelte mich an.

Nein, dachte ich mir. Gib ihm den Brief, dreh dich um und verschwinde. Das hier ist nicht mehr dein Leben. Du bist tot, schon vergessen? Du atmest nicht mehr, hast keinen Herzschlag. Würde man dich in ein Krankenhaus bringen, würden die Ärzte vor Angst aufschreien, dich in ein Labor sperren und Experimente durchführen. Grauenhafte Versuche an einem verstorbenen Mädchen.

»Ja, ich liebe es«, sprach ich und wollte gleich darauf die Augen verdrehen.

»Gut. Ich sag nur kurz den anderen Bescheid.« Er nickte und rannte über den Platz zu dem Mädchen und dem Filmemacher. Währenddessen hatte er sein Skateboard achtlos neben eine der Rampen gelegt.

»Psst! Hey! Was glaubst du, was das wird?«

Erschrocken zuckte ich zusammen. Naoma stand hinter mir an den Zaun gelehnt. Ich musste ein Lachen unterdrücken. Ihre Haare waren unter einer dicken Wollmütze verborgen, dazu trug sie enge schwarze Hosen und ein ebenso dunkles Oberteil.

»Willst du eine Bank ausrauben?«, meinte ich und konnte mir ein Grinsen nicht verkneifen.

Sie stieß ein Seufzen aus und tippte etwas nervös an das Gitter. »Ist das dieser Leo?«

»Ja.« Ich nickte und drehte mich noch einmal in Leos Richtung. Er gab gerade den Jungs einen ziemlich kompliziert wirkenden Handschlag und eilte dann zu mir.

»Du kannst nicht mit ihm ausgehen«, murmelte sie.

»Ich möchte nur mit ihm reden«, flüsterte ich.

»Ich denke nicht, dass das eine gute Idee ist. Außerdem musst du mir endlich erklären, wer der Typ bei der Brücke ist.«

Leo war fast da.

»Raven. Sein Name ist Raven.«

»Raven? Nein, Leo.« Leo lächelte Naoma an. Ihr Gesicht wurde von einer leichten Röte überzogen. Was aber auch an ihrer dicken Wollmütze bei diesen Temperaturen liegen könnte.

»Können wir?« Er wandte sich mir zu. Ich blickte erneut in Naomas Richtung, doch ich erntete lediglich ein Kopfschütteln.

»Ich bin in einer Stunde zurück, oder?« Wieder sah ich zu Leo. Der reckte nur ganz lässig den Daumen den Daumen in die Höhe.

»Wenn du meinst …« Naoma zuckte mit den Schultern.

»Cool.« Leo lief voraus und ich folgte ihm. Ich hielt mich gerne in seiner Nähe auf. Da war eine Vertrautheit, die zwar in meiner Herzgegend brannte, mich jedoch hoffen ließ.

»Du bist also neu hier?«, begann Leo.

»Ja, aber es gefällt mir.«

Er nickte und suchte in seinen Hosentaschen nach den Zigaretten. Anscheinend tat er das immer, wenn er nervös war.

»Hast du Geschwister?«, fragte er und seine Gesichtszüge hellten sich augenblicklich auf, als er die Schachtel mit den Qualmstängeln gefunden hatte.

»Eine Schwester. Und du?« Ich kickte einen großen Stein mitten auf die Fahrbahn. Dort blieb er liegen und wartete auf den nächsten Fahrradfahrer, der sich höchstwahrscheinlich darüber ärgern würde. Was sollte der Stein auch sonst machen? Davonkriechen? Ich lächelte bei der Vorstellung.

»Einen Bruder, aber der ist schon etwas älter und lebt nicht mehr zu Hause. Dein Lächeln ist schön.« Er hielt kurz inne und sah mich an.

»Danke, gleichfalls.« Ein wenig unbehaglich blickte ich geradeaus.

»Kannst du das überhaupt beurteilen?« Er schüttelte den Kopf und zündete seine Zigarette an.

»Du lächelst andauernd«, meinte ich nur. Wir liefen an derselben Straße vorbei, von der ich gekommen war. Überall gab es kleine Gärten und winzige Einfamilienhäuser. Wie aus einem dieser kitschigen Filme, in denen sich zwei Nachbarn ineinander verliebten und eine Patchworkfamilie gründeten. Beim Vorbeigehen zupfte ich ein Blatt von einer Hecke.

»Ich kenne Mädchen wie dich«, fing er auf einmal an. Seine rechte Hand hatte er in eine Hosentasche gesteckt, während die linke immer noch die Kippe hielt. Hatte ich auch geraucht?

»Mädchen wie mich?« Ich hob eine Augenbraue und sah ihm in die Augen. Sie waren dunkelgrün, kein herausstechendes Grün, doch es war schön, es passte zu seinen Haaren.

»Du bist nachdenklich, hast Angst davor, Menschen zu verlieren, spielst aber gerne die Starke.« Er grinste.

»Und du machst dir zu viele Gedanken um andere und denkst, dass du sie kennst«, antwortete ich. Es war nicht böse gemeint, ich wollte ihn nur ein wenig necken.

»Damit könntest du recht haben.« Seine Zigarette landete direkt vor mir auf dem Asphalt. Er hatte sie nicht ganz aufgeraucht, aber dies schien ihn kaum zu stören.

Den Rest des Weges unterhielten wir uns über einfache Dinge. Wir diskutierten über unsere Zukunftspläne, wobei ich mehrheitlich seinen Fragen auswich, sprachen über die Veränderung der Welt, unsere Lieblingsfarbe und er erzählte mir von seiner Familie. Seine Eltern waren getrennt und hatten beide neue Partner. Er wollte später in einer Autowerkstatt arbeiten, hatte sogar ein eigenes Auto zu Hause. Ein älteres Modell zwar, aber es fuhr immer noch wie ein Rennwagen. Zumindest behauptete er das ein paarmal. Sein Bruder studierte Jura und sein Vater verdiente viel Geld im Management. Was seine Mutter tat, wusste ich nicht.

Schon bald kam ein italienischer Eisladen in Sicht. Einige Kinder tobten davor herum und die Mütter versuchten, sie zu beruhigen. Ein kleines Mädchen mit langen, rötlichen Zöpfen biss gierig in ihre Vanille-Kugel, verzog jedoch schnell das Gesicht.

»Hier wären wir.« Leo lächelte und strich sich einige seiner blonden Haare aus der Stirn. Ich lächelte zurück. Was war mit meinem alten Leben passiert? Ich müsste doch eigentlich glücklich gewesen sein.

Leo und ich standen vor der Eisdiele. Er hatte sich gegen ein etwas älteres Auto gelehnt und blickte in den Himmel.

»Woran denkst du?«, fragte ich ihn. Wir standen ziemlich nahe beieinander. Die Menschen um uns herum schenkten uns kaum Beachtung. Jeder hatte es eilig, Autos fuhren vorbei und Jugendliche mit Handys rannten über die Straßen.

»Ich muss meinem Vater beibringen, dass ich nicht studieren werde.« Leo schnaubte. »Er wird mir den Kopf abreißen und mich in eine Sonderschule stecken.« Erneutes Schnauben.

»Mach dir nicht so viele Gedanken darum. Du solltest das tun, was du willst.« Ich nahm seine Hand in meine und versuchte ihm ein aufmunterndes Lächeln zu schenken.

»Das sagst du so einfach. Für dich ist es leicht, deine Mutter liebt dich. Du

könntest wahrscheinlich nur zu Hause sitzen und von ihrem Geld leben, sie würde dir zujubeln.« Sein Ton hatte etwas Hartes an sich.

»Tut mir leid«, fügte er nach einigen Minuten hinzu. Er beugte sich zu mir und gab mir einen kleinen Kuss. Ich blickte einen Moment in seine Augen, betrachtete seine Lippen, die vor kurzem noch auf meinen gelegen hatten, und das Lächeln, das er mir schenkte.

»Schon in Ordnung.« Alles in mir kribbelte. Alle Zweifel waren in den hintersten Winkel meiner Gedanken verdrängt worden. Er brauchte Zeit und ich würde auf ihn warten.

»Mai?« Ein wenig ratlos sah Leo mich an.

»Entschuldige. Die Sonne …« Ich lächelte gequält.

In seinem Blick lag Besorgnis, aber er wandte sich eilig ab.

»Ich hole uns etwas. Warte besser hier im Schatten.« Er wollte sich gerade auf den Weg machen, als ich ihn am Arm zurückhielt.

»Hattest du mal eine Freundin?«, fragte ich direkt. Leos Augen weiteten sich.

»Freundin?«, wiederholte er.

»Ja.«

»Schon ein wenig länger her, ja«, meinte er gelassen.

»Hatte sie helles Haar?« Ich wusste, dass er mich wahrscheinlich bald für verrückt halten würde, doch vielleicht würde ich auf diese Weise endlich meinen Namen erfahren.

»Blond? Nein, tut mir leid. Ich hatte noch nie eine Blondine als Freundin. Ist nicht so mein Ding.« Er zwinkerte mir zu und verschwand eilig in dem Geschäft.

In diesem Moment, in dem ich vor einem Eisladen stand, umzingelt von Kindern und der erbarmungslosen Sonne, kam mir etwas anderes in den Sinn.

Das Leben bestand aus so viel mehr, wenn wir es einfach zuließen.

Lektion 23

Lebe jeden Tag so, als wäre es dein letzter. Du kannst nicht vor der Zeit davonlaufen, irgendwann holt sie dich ein.

»Tut mir leid.«

»Schon okay, du musst dich nicht andauernd entschuldigen.« Naoma schlug mir spielerisch auf die Schulter. Wir saßen beide in dem großen Park auf einer Wiese. Es war eine Art kleiner Hügel und wenn man hinuntersah, erkannte man die vielen Straßen, die durch die Stadt verliefen, und die Autos, die darauf fuhren.

Naoma hatte ihre Mütze abgenommen und fuhr sich mit den Fingern durchs Haar, um sämtliche Knoten auszubürsten. Immer wieder kniff sie schmerzverzerrt die Augen zusammen.

»Er ist hübsch, aber ich halte das trotzdem für keine gute Idee«, meinte sie nach einer Weile.

»Er ist ein Lügner. Ich habe genau gesehen, wie wir uns geküsst haben, doch als ich ihn danach gefragt hatte, hat er Nein gesagt.« Ich schnaubte und pustete mir eine blonde Strähne aus dem Gesicht.

»Du hast ihn tatsächlich danach gefragt?« Naoma lachte auf. »Du bist total durchgeknallt. Ich hoffe, du weißt das.«

»Ich muss wie eine eifersüchtige Stalkerin geklungen haben.« Ich schüttelte den Kopf. *Und der Preis für die verrückteste Tote ging definitiv an das Mädchen ohne Namen.*

»Entweder das oder wie jemand, der seine Vergangenheit zurückwill«, sprach Naoma leise.

Gedankenversunken blickte ich auf die Landschaft vor uns.

»Trefft ihr euch wieder?«

Ihre Frage schwebte für einen Moment vor meinem Gesicht herum wie eine dicke Seifenblase voller Träume und Hoffnungen, die allerdings augenblicklich zerplatzte.

»Er wollte mich wiedersehen, aber ich meinte nur, dass ich ja wüsste, wo ich ihn finde.« Tatsächlich war ich schon bald nach dem Eis zurückgeeilt und hatte versucht, so viel Abstand zwischen uns zu bringen, wie nur möglich. Tote Mädchen durften sich nicht verlieben und erst recht nicht in den Exfreund.

»Warum erzählst du mir nicht etwas über das Leben?«, sprach Naoma aufmunternd.

»Über das Leben?«

»Ja. Darüber, was du rückblickend kapiert hast.«

Ich überlegte einen Moment. Der kühle Wind fuhr mir durch das Haar. »Ich denke, im Leben ist es wichtig, fröhlich zu sein und dass man Menschen um sich hat, die einen so akzeptieren, wie man ist.«

»Das ist manchmal nicht so einfach.« Naoma lehnte sich zurück und blickte in den Himmel.

»Nein, das ist es nicht. Aber wir sollten es versuchen. Die ganze Welt will uns ständig irgendwelche Zweifel einreden. Die Gesellschaft profitiert von unseren Ängsten. Wir geben unser Einkommen für Produkte aus, durch die wir unser Empfinden stärken. Kaufen teure Autos, um andere zu beeindrucken, schauen Castingshows, damit wir uns besser fühlen, weil sich andere dort zum Affen machen. Wenn wir wirklich alle glücklich wären, dann würden wir all diese Dinge gar nicht brauchen. Doch genau das ist das Problem. Wie sollen Leute Geld machen, wenn wir glücklich sind? Wie bringt man Menschen dazu, irgendwas Bestimmtes zu tun? Man redet ihnen immer wieder ein, was gut sein soll.«

»Für einen Geist bist du ziemlich weise«, wisperte Naoma.

»Ich wünschte, ich könnte etwas verändern, Menschen endlich zum Denken bringen.«

»Das kann niemand. Jeder muss selbst aufwachen«, sprach Naoma.

Ich nickte. Ja, diese Welt war eigen.

»Danke.«

Überrascht sah ich auf. »Was?«

»Danke«, wiederholte Naoma.

»Wofür?«

»Dafür, dass du mir deine Ansichten erklärst. Das muntert irgendwie auf.« Sie lächelte. Ihre Augen waren weiterhin auf die Wolken über uns gerichtet.

»Du solltest jeden Tag so leben, als wäre es dein letzter. Mach alles aus jedem noch so kleinen Moment und versprich mir, dass du niemals zweifelst. Die Höhe ist nur ein Hindernis in unseren Gedanken, alles ist möglich, solange wir daran glauben.« Die Sätze purzelten nur so aus meinem Mund. Der Wind nahm sie auf und trug sie hinfort. Wie ein Wispern.

So musste sich Glück anfühlen. Auf einer Wiese zu liegen, sich zu unterhalten und in den Himmel zu starren. Auch das Glück war nur eine Seifenblase und wenn man sich zu fest daran klammerte, zerplatzte sie. Man musste es genießen, jeden Augenblick auskosten, die schönen wie die schlechten. Die Vergangenheit konnte man nicht ändern, aber man konnte aus seinen Fehlern lernen.

Lektion 24

Nicht alles ist möglich, doch wir sollten stets träumen, uns festhalten an all den wunderbaren Gedanken, um niemals das Lächeln auf unseren Lippen zu verlieren.

Die Tage vergingen und umso mehr ich nachdachte, umso mehr begann ich, an meinem Tod zu zweifeln. Ich konnte fühlen, die Dinge um mich wahrnehmen, als wäre ich lebendig. Nur pumpte kein Organ Blut durch meinen Körper, da schlug kein Herz in meiner Brust. Es war beinahe wie diese unerträgliche Stille zwischen zwei Menschen, die sich nichts mehr zu sagen hatten.

Die Nächte verbrachte ich unter der Brücke. Wenn das Wetter gut war, lag ich im hohen Gras und blickte zu den Sternen. Bei Regen versuchte ich, die Kreise im Wasser zu zählen, die die Tropfen hinterließen. Raven hatte dafür selten mehr als ein Augenrollen übrig. Er sprach nicht viel mit mir, ermahnte mich nur jedes Mal aufs Neue, dass ich nichts Unüberlegtes tun sollte. *Als würde ich das jemals machen …*

Naoma kam so oft wie möglich vorbei und brachte mir alte Zeitungen mit. Doch nirgends stand etwas von einem toten blonden Mädchen.

Der Sommer begann und die Tage wurden länger. Es hatte in letzter Zeit kaum geregnet und man traf nachmittags immer weniger Leute im Park an, da sie sich im Freibad aufhielten. Inzwischen kannte ich mich aus. Um acht Uhr abends kam stets ein älterer Herr in einer zerknitterten Uniform und schloss die schweren Eisentüren des Parks. Hinter der Brücke gab es einen bescheidenen Wald, in dem ich mich bereits mehrmals verirrt hatte. Gleich davor lag ein Hügel mit ausgezeichnetem Ausblick. Schulklassen kamen nun oft hierher. In diesen Momenten war von Raven keine Spur zu sehen. Während die Bälger durch die Wiesen streiften und nach Insekten oder Vögeln suchten, versuchte ich mich unter der Brücke zu verstecken. Außerdem gab es immer wieder Jugendliche, die zu einer Mutprobe herausgefordert worden waren und ihre Zelte im Wald aufschlugen. Immerhin war es verboten, sich um diese Zeit hier aufzuhalten. Leider hatten die Jugendlichen nicht mit Raven gerechnet. Zwar war er weder ein furchteinflößendes Gespenst noch ein redegewandter Mann, aber sein eisig kalter Blick hatte bisher jeden in die Flucht geschlagen.

Der Ball, an dem ich Tris sehen sollte, rückte unaufhaltsam näher. Doch momentan war ich mir nicht mehr sicher, ob ich die Briefe überhaupt verteilen wollte.

»Ich werde einfach aufhören«, sprach ich und blickte wie so oft auf das rauschende Wasser vor mir.

»Hatten wir das Thema ›Wir sprechen nur im äußersten Notfall miteinander‹ nicht abgehakt?« Raven seufzte und kickte einen kleinen Kieselstein in das kühle Nass.

»Ich werde sie im Wasser versenken«, erklärte ich und ignorierte seinen vorherigen Satz.

»Wäre ich nicht schon tot, würde ich mich jetzt erschießen«, murmelte er. Ein zweiter Stein flog neben mir in den Fluss.

»Nur zu.« Ich drehte mich um und kniff die Augen zu schmalen Schlitzen zusammen.

»Also, Mädchen …« Er räusperte sich und kam näher. Kurz vor mir blieb er stehen. Die Hände tief in den Hosentaschen und die dichten, dunklen Haarsträhnen vor den Augen. »Klar kannst du aufhören, deine Briefe zu verteilen. Du kannst deine Erinnerungen verdrängen und einfach weiterleben. Dabei vergisst du allerdings, dass du bereits gestorben bist. Du wirst vielleicht leben, aber du hast keinen Herzschlag. Wenn das jemand herausfindet, ist es aus und vorbei. Außerdem wirst du immer auf der Suche nach der Wahrheit sein. Du kannst keinen Job annehmen, nicht heiraten oder Kinder kriegen, du existierst hier gar nicht mehr. Du wirst leben, während all deine Freunde sterben. Klingt nett, nicht wahr?«

»Bezaubernd«, antwortete ich bissig und drehte mich wieder um. Naoma war heute noch nicht aufgetaucht. Sie hatte direkt nach der Schule Nachhilfe, zumindest hatte sie mir das gestern erklärt.

»Du brauchst nicht auf mich wütend sein, sondern auf das System«, meinte er gelassen.

»Und wer ist das System?«

»Das weiß ich nicht.«

Als ich mich umdrehte, hob er abwehrend die Hände.

»Also soll ich auf etwas sauer sein, von dem ich nicht einmal sicher bin, dass es existiert?«

»Wäre ein Anfang. Vielleicht solltest du dich aber einfach von deinem faulen Hintern erheben und endlich weiter nach den Empfängern suchen. Du sitzt seit Tagen hier und grübelst. Das ist weder Sinn noch Zweck des Ganzen.«

»Tut mir leid, dass ich keine Bedienungsanleitung erhalten habe«, zischte ich und stand auf.

»Die gab es nur für die ersten zehn Kunden.« Er grinste von einem Ohr zum anderen.

»Ich hätte beinahe gelacht.«

»Hätte dich vielleicht ein bisschen lebendiger wirken lassen.« Schon wieder erhielt ich ein provozierendes Lächeln.

»Wie erwachsen.« Ich wich ihm aus und wollte zurücklaufen. Raven hielt mich für einen Moment an der schwarzen Jacke fest, die er mir gestern gegeben hatte. Trotz des Stoffes umgab mich sofort eisige Kälte. Sie kroch meinen Arm hoch und über meine Schulter, bis mein Körper damit umhüllt war. Auf seltsame Art und Weise war mir diese

Kälte vertraut. Ich wollte mich zwar losreißen, aber dieses Gefühl nicht verlieren.

»Wohin gehst du?«, fragte er.

»Zum Skatepark. Ich will mehr über Leo herausfinden.« Ich blickte ihm in die Augen. Nun wirkten sie düster und ich wusste nicht genau, ob er zu mir sah oder an mir vorbei. Er nickte nur und ließ mich los.

Noch während ich die Wiese hinauflief und den Park durchquerte, spürte ich, wie die mysteriöse Kälte langsam aus meinem Körper verschwand. Es kribbelte und fühlte sich beinahe so an, als würde eine Horde Stechmücken auf mir tanzen.

Zum Skatepark war es nicht sonderlich weit und schon bald befand ich mich erneut vor dem niedrigen Absperrgitter. Ich kletterte dieses Mal eleganter darüber und eilte über den Platz. Heute waren wesentlich mehr Leute hier, auch Kinder und mehr Kerle mit Videokameras. Dennoch dauerte es nicht lange, bis ich Leo fand. Er lehnte weiter hinten an einer Mauer und unterhielt sich mit einem Jungen, der einen Kopf kleiner war als er selbst.

Ohne es zu wollen, lächelte ich und lief schneller. Als er mich erkannte, erwiderte er das Lächeln. Er rief mir etwas zu, doch wegen des Lärmes der Musik um mich herum verstand ich nicht viel. Ich wollte antworten, doch plötzlich traf mich irgendwas am Hinterkopf und die Welt wurde schwarz.

Da waren helle Farben. Kleine verschwommene Lichter, aufgereiht an langen Ketten. Wie Glühwürmchen strahlten sie um die Wette und wurden eins mit dem Mond und der tiefschwarzen Nacht. Nur ganz langsam gewöhnten sich meine Augen an die Umgebung. Ich blinzelte und versuchte ein Gähnen zu unterdrücken.

»Du bist endlich wach.«

Überrascht drehte ich mich um. Ich lag auf einer alten Decke, die Ränder waren bereits ausgefranst und ein Brandloch befand sich in einer der Ecken.

Neben mir lag Leo. Sein Haar war etwas kürzer als in den vorherigen Erinnerungen und er lächelte mich unsicher an.

Meine Atmung war gleichmäßig und auf einmal wurde mir bewusst, dass das hier eine Erinnerung war.

»Die anderen sind beim Hügel, sie wollen das Feuerwerk zünden«, meinte er und fuhr sich durch die Haare.

»Bin … bin ich eingenickt?«, hörte ich mich sprechen.

Leo grinste. »Kann man so sagen. Deine Schwester wollte dich wecken, aber ich habe sie überzeugt, dass sie dich schlafen lässt.«

»Dann sollte ich mich wohl bedanken.« Ich zwinkerte ihm zu und stand langsam auf. Meine Beine waren netterweise eingeschlafen und ehe ich mich versah, landete ich wieder neben Leo.

»Beine wieder mal taub?«, fragte Leo und half mir auf. Ich nickte. Das war oberpeinlich gewesen.

»Du schläfst auch sonst ziemlich oft, vielleicht solltest du doch zum Arzt.« Seine Stimme war etwas leiser. Dank des Mondes und der Lichterketten über uns sah ich diesen grünlichen Schimmer, der seine Augen zu etwas Besonderem machte. Das war das Erste, in das ich mich verliebt hatte. In seine Augenfarbe, die manchmal an das Grün eines Waldes erinnerte, was man allerdings nur an sonnigen Tagen erkennen konnte. Ansonsten wirkten sie eher bräunlich.

»Mir geht's gut. Die Schule war in letzter Zeit einfach zu anstrengend.« Ich drehte mich weg und blickte geradeaus zu dem Hügel in unserer Nähe. Ganz schwach erkannte man die Umrisse von Menschen dort oben. Feuerwerk in einem nahe gelegenen Park abzubrennen, war wohl eine der dümmsten Ideen gewesen, die wir jemals gehabt hatten. Es war nämlich verboten. Jedoch war es inzwischen zu einer Tradition geworden. Jedes Mal, wenn jemand aus der Gruppe Geburtstag hatte, taten wir das. Heute war es der Ehrentag meiner Schwester. Genau ein Jahr war es nun her.

»Ich wollte eigentlich mit dir reden«, fing ich an. Die bunten Ketten über mir baumelten im Wind hin und her. Meine Schwester liebte diese Lichter und unser Haus war voll damit. Und sie hatte recht. Lichterketten verliehen jedem Ort etwas Magisches.

»Worüber denn?« Leo zögerte einen Moment.

Vor exakt dreihundertfünfundsechzig Tagen hatte er mich geküsst. Er war mein bester Freund, und das schon seit Ewigkeiten. Er wohnte direkt neben uns und ich bin mit ihm aufgewachsen. Das alles klang nach einer wunderbaren Liebesgeschichte, nicht wahr? Nicht wirklich, da gab es nämlich einen klitzekleinen Haken …

»Über uns.« Ich drehte mich zu ihm. Ich war nicht besonders romantisch veranlagt, absolut kein Beziehungstyp oder jemand mit Heiratswünschen. Ich wollte auch keine Kinder, hatte andere Pläne. Von verliebten Paaren bekam ich das Kotzen und ich wollte nie eines dieser Mädchen sein, die täglich einhundert Bilder von sich selbst und ihrer großen Liebe auf sämtlichen Internetplattformen posteten. Aber wenn ich Leo ansah, fühlte ich mich lebendig. Er war der Mensch, der ein Leben lang an meiner Seite gewesen war.

»Hör mal …« Er fuhr sich durch das Haar und suchte in seiner Hosentasche nach den Kippen.

»Ja?«, antwortete ich.

»Wir sind doch Freunde, oder etwa nicht?«

Hallo Schlag direkt in mein Gesicht.

»Und ich denke, die anderen würden das niemals verstehen.« Gleich noch mal – diesmal mitten in mein Herz.

»Lass uns einfach Freunde bleiben und das für uns behalten.« Endlich hatte er seine Glimmstängel gefunden. Er rauchte eine und gleich darauf eine zweite, während ich in diesen Minuten nur dastand und nachdachte.

Ich wollte etwas erwidern, aber genau in dem Moment, in dem ich endlich die richtigen Worte fand, ging das Feuerwerk los. Eine Farbkugel nach der anderen stieg in den Himmel und explodierte dort. Wir mussten zusammenpacken und verschwinden, bevor die Polizei auftauchen würde. Den Rest des Abends schwieg ich.

Sollte man mit dem Teufel tanzen, obwohl man die Konsequenzen kannte?, *hatte meine Religionslehrerin immer gesagt und noch in dieser Nacht wurde mir bewusst, dass ich bereits zu lange um dieses Feuer getanzt hatte. Ich würde davon nicht mehr wegkommen, ohne mich zu verbrennen.*

Lektion 25

Die Welt dreht sich und alles um uns herum verändert sich, während wir hier stehen und uns fragen, was geschehen ist.

»Mai?«

»Ich glaube, sie ist tot!«

»Wegen eines Skateboards? Wohl kaum.«

»Wenn man die falsche Stelle trifft, dann ist es aus.«

»Blödsinn!«

»Sieh doch, sie atmet gar nicht mehr.«

»Mai!«

Stimmen drangen an meine Ohren. Die hellen Lichter kreisten noch immer über mir. Es dauerte einen Moment, bis ich meine Lider aufstemmen konnte. Das Sonnenlicht brannte in meinen Augen und ich wünschte mir die Lichterketten zurück. »Was ist hier los?«, krächzte ich und hielt die Hand schützend vor meine Augen.

»Mai?« Erst jetzt erkannte ich Leo, der neben mir auf dem Boden saß. Einige Typen hockten bei ihm und ein Mädchen mit neongrün gefärbtem Haar hatte sich über mich gebeugt.

»'tschuldigung«, murmelte sie und zuckte mit den Schultern. Neben ihr lag ein dunkelblaues Skateboard.

»Hab' ich was verpasst?« Ich richtete mich langsam auf. Schnell sprangen die Jungs auch wieder auf. Um uns herum stand eine Menschenmenge, die sich aber eilig auflöste, als die Leute sahen, dass es mir blendend ging.

»Lilas Board ist dir gegen den Kopf geknallt«, sprach Leo und sah mich besorgt an.

»Ich habe mich bereits entschuldigt«, kam es kleinlaut von dem Mädchen. Ihre Augen waren dick mit schwarzem Kajal umrahmt.

»Schon in Ordnung.« Leo musterte mich weiterhin.

»Mir geht's gut«, versicherte ich ihm erneut. Doch auch jetzt merkte ich deutlich, dass etwas nicht stimmte.

»Du hattest keinen Herzschlag.«

»Seltene Immunkrankheit. Mein Herzschlag ist so leise, dass man ihn fast nicht hört«, versuchte ich zu erklären. Ich wusste zwar nicht viel aus meiner Vergangenheit, aber eines konnte ich mit Sicherheit sagen – Ich war definitiv keine gute Lügnerin gewesen.

»Immunkrankheit«, wiederholte er ratlos.

Wieder nickte ich. Diese Lila stand noch immer neben uns und sah uns entgeistert an. Ihre Haut wirkte ziemlich blass und sie hätte einem Vampir fast Konkurrenz machen können. Ich spürte, wie Leo unbewusst eine Mauer um sich errichtete. Er suchte Abstand. Irgendetwas stimmte nicht mit mir, das wusste er.

»Brauchst du etwas?«, fragte er zögerlich und wie gewohnt tastete seine Hand nach der Schachtel mit den Zigaretten. Wenn der Kerl nicht eines Tages an Lungenkrebs starb, dann würde ich einen Besen verspeisen.

»Ich war in der Nähe und wollte Hallo sagen«, antwortete ich.

Leo nickte. Anscheinend besaß er kein Feuerzeug. Er drehte sich verärgert in die Richtung eines eher dünnen Jungen. »Spike, Feuer!« Es dauerte eine Weile, bis Spike begriff und ihm das Feuerzeug gekonnt hinüberwarf.

Leo war einfach zu lesen. Manche Leute waren wie ein offenes Buch, während andere ein dickes Vorhängeschloss besaßen. Doch Leo war definitiv eins der leichten Sorte. Er war eine Person, die von außen immer total perfekt und stark wirkte, aber innerlich sah es nach einem großen Scherbenhaufen aus. Manchmal wusste er selbst nicht, was er wollte, darum behielt er die Wahrheit meistens für sich. Er baute stets Mauern um sich herum, damit ihn niemand verletzen konnte. Ja, Leo trug Masken, sogar viele.

»Springt ihr noch von dieser Brücke im Park?«, fragte ich kurze Zeit später. Leo schien hin- und hergerissen. Es war beinahe so, als würde sich zwischen uns ein seidener Faden befinden, der beim kleinsten Ruck zerriss.

»Warum?« Seine Augen weiteten sich. Erst jetzt kam mir in den Sinn, dass ich das ja gar nicht wissen konnte. »Irgendwer hat mir erzählt, dass das einige Jugendliche tun.«

»Getan haben«, verbesserte er mich. In seinem Blick lag eine leichte Unruhe. Er fragte sich wahrscheinlich genau in diesem Augenblick, wer ich war und weshalb ich all das wusste.

»Es ist verboten, von der Brücke zu springen.« Der Qualm der Zigarette schien ihn zu beruhigen.

»Das wusste ich nicht.« Der seidene Faden war kurz vorm Zerreißen.

»Liest du gerne?«, fragte er. In dem Moment war es für mich ein Rätsel, welche Bedeutung diese Frage für ihn hatte, aber ich würde es schon bald erfahren.

»Ich denke nicht«, gab ich von mir. In meinem jetzigen Zustand wäre lesen wohl reine Zeitverschwendung.

»Und was ist mit der Dunkelheit? Magst du die?«

Ich verstand nicht, was er damit bezweckte. »Ich mag sie, habe aber auch Angst vor ihr«, erklärte ich. Tatsächlich empfand ich sie an manchen Tagen als beruhigend. Doch zum Teil erinnerte sie mich an die Einsamkeit. Die Finsternis, ein Ort, an dem man seinen eigenen Schatten nicht sah.

»Traumberuf?« Die Fragen wurden kürzer.

»Ärztin.« Das war der erste Beruf, der mir auf die Schnelle in den Sinn gekommen war.

»Warum?« Er hatte aufgeraucht und hob skeptisch eine Augenbraue.

»Man begegnet stets dem Leben und dem Tod. Man ist eine Art Puppenspieler in einem Theater«, meinte ich. Lila hatte anscheinend immer noch nicht das Gefühl, dass sie inmitten eines Privatgesprä-ches stand. Ihr Blick wanderte von mir zu Leo und wieder zurück und sie machte keine Anstalten, zu verschwinden.

»Was sollen all die Fragen?«, wollte ich zögerlich wissen. Es war nicht schwer, sich eine Persönlichkeit auszudenken, wenn man seine eigene kaum kannte. Das Schwierige würde sein, sich all die Dinge zu merken.

»Ich habe manchmal den Eindruck, dass ich dich kenne. Darum. Doch du bist anders.« Er blickte in den Himmel.

»Anders zu sein hat Vorteile.«

»Wer bist du?«

Ich erinnerte ihn wohl an sie, an mein altes Ich. Nur gut, dass es dieses Ich nicht mehr gab. Ich war nicht mehr das Mädchen, das diesem Jungen alles geglaubt hat. Ich war Mai, das Mädchen, das endlich anfing herauszufinden, wer sie war.

»Meine Freunde nennen mich Mai und jetzt muss ich los. Ein Ball wartet auf mich.« Ich zwinkerte ihm zu und machte kehrt. Meine Schritte trugen mich Richtung Park, wo Naoma bereits auf mich wartete. War es nicht seltsam, wie alles seinen Lauf hatte und wie sehr man an den Menschen hing, die einen immer wieder verletzten?

Lektion 26

Schreibe eine Liste mit deinen Wünschen! Schreib alles auf! Vielleicht erscheinen einige Dinge unmöglich, doch nach ein paar Jahren wirst du diese Liste finden und merken, dass vieles machbar ist. Wir stehen uns nur selbst im Weg.

Als kleines Kind hatte ich mir immer aufgeschrieben, was ich erreichen wollte, was meine Ziele im Leben waren. Klar, damals war ich sechs gewesen und hatte gedacht, dass es völlig in Ordnung wäre, von der Karriere als Prinzessin in einem großen Schloss zu träumen. Manchmal hatte ich mir auch vorgestellt, dass ich eine grandiose Sängerin wäre und man nur mein Talent entdecken müsste. Aber irgendwann war ich älter geworden und es war nur noch darum gegangen, einen Beruf zu finden, einen guten Abschluss zu haben und zu arbeiten. Die Wünsche waren in den Hintergrund geraten. Doch wen wunderte es?

In unserem Jahrhundert hatten wir einfach keine Zeit mehr für Dinge wie Hoffnung, Träume oder Wünsche.

Dieser Zettel befand sich irgendwo in meinem alten Zuhause. Ich hatte angefangen, ihn zu schreiben, als ich klein war, und ihn weitergeführt, als ich älter wurde. Irgendwann waren die Einträge knapper geworden und ich hatte angefangen, realistisch zu denken. Am liebsten würde ich diese Liste wieder lesen und mir Gedanken dazu machen. Allerdings wusste ich nicht einmal, ob mein ehemaliges Heim noch dasselbe war, ob meine Sachen noch in meinem Zimmer standen oder ob sie schon längst weggeworfen worden waren.

Vielleicht bedeckte eine leichte Staubschicht meine Bücher, Bilder oder mein Bett.

»Wenn du zu viel nachdenkst, platzt dein Kopf.«

»Naoma!« Ich verdrehte die Augen und strafte sie mit einem bösen Blick.

Wir saßen bei der Brücke und ließen unsere Beine über den Rand baumeln. Der Fluss unter uns führte heute etwas mehr Wasser und man erkannte die Steine und Algen, die unter der Oberfläche verborgen waren, so gut wie gar nicht. Von Raven keine Spur. Er war tatsächlich wie ein Rabe. Manchmal tauchte er urplötzlich auf und dann war er wieder verschwunden.

»Worüber hast du nachgedacht?«, fragte sie.

»Darüber, dass ich früher immer Wunschlisten erstellt und mir alles aufgeschrieben habe, was ich mir gewünscht habe.«

Später würde es sicher ein Sommergewitter geben. Dicke graue Wolken hingen am Himmel und trotzdem schien die Sonne erbarmungslos herunter.

»Was zum Beispiel?« Naoma drehte ihren Kopf zu mir.

»Ich weiß nicht mehr alles, ich erinnere mich nicht wirklich. Jedoch sollte die Liste in meinem Zimmer sein, falls meine Sachen noch da sind.«

Naoma lächelte. Jedes Mal, wenn sie das tat, strahlten ihre katzenhaften Augen mit. Es wunderte mich, dass sie hier kaum Freunde hatte.

»Andere Frage. Wie lief es bei Leo?« Sie stupste mich neugierig mit der Schulter an und ich musste mir ein Grinsen verkneifen.

Etwas nervös fuhr ich mir durch die blonden Haare. »Ich hatte einen kleinen Unfall mit einem Skateboard. Ich glaube, jetzt denkt er definitiv, dass ich nicht ganz dicht bin. Er hat meinen Puls gefühlt und natürlich war da nichts. Ich habe es dann auf eine seltene Immunerkrankung geschoben.«

»Seltene Immunerkrankung?«

»Was hätte ich denn sagen sollten? Hey, alles gut, ich bin nur tot, aber ansonsten passt alles.«

»Du hättest auch sagen können, dass dir bei seinem Anblick das Herz stehengeblieben ist.« Ich bekam ein vielsagendes Zwinkern von ihr.

»Du kannst ihn gerne haben«, meinte ich nur und starrte auf das Wasser.

»Ich steh nicht so auf blond.« Für einen kurzen Moment wanderte ein nachdenklicher Ausdruck über ihr Gesicht.

»Ich kenne einen Kerl mit schwarzen Haaren und einem besonders ausgeprägten Menschenhass ...«, sprach ich und wieder erhellte ein Lächeln ihr Gesicht.

»Dieser mysteriöse Typ namens Raven?«

»Genau den.«

Sie schnaubte. »Der wäre eher etwas für dich. Er ist ziemlich eigen und abweisend.«

»Ich bin nicht abweisend, ich mache mir nur viele Gedanken«, widersprach ich ihr.

»Warst du schon immer so?«, wollte sie nun wissen. Der Wind um uns herum wurde kräftiger und die Wolken zogen schneller über das Himmelszelt.

Irgendwie war es witzig. Ich erinnerte mich nicht an viel, aber ich konnte mich sehr gut daran erinnern, dass ich keine Person gewesen war, die sich den Kopf über das Leben zerbrochen hatte. Irgendwie hatte ich gewusst, dass es nicht lange andauern würde. »Nein«, antwortete ich also.

»Wann hast du aufgehört, über dein Leben nachzudenken? Ich meine wirklich aufgehört und keinen Gedanken mehr an deine Zukunft verschwendet?«

Ich überlegte kurz und blickte in den Himmel. Ein einziger Vogel drehte dort seine Kreise. Er breitete die Flügel aus und flog durch die zuckerwatteartigen Wolken. Jedes Lebewesen, jedes Objekt war ein Teil dieses Lebens, auch wenn es noch so klein und unwichtig erschien. Alles war vorherbestimmt. Warum waren mir diese kleinen Dinge früher niemals aufgefallen? Ich hatte alles als selbstverständlich betrachtet. Dinge, die einfach da waren, denen ich nie Beachtung geschenkt hatte.

»Ich glaube, in dem Augenblick, in dem du mit dem Leben abschließt, hörst du auf, über deine Zukunft nachzudenken«, antwortete ich ihr und verdrängte den Vogel aus meinen Gedanken. »Du lebst nur noch im Hier und Jetzt. Alles andere interessiert dich nicht, es geht dich auch nichts mehr an.«

Sie nickte und fuhr sich gedankenversunken durch das dunkle Haar. »Und was ist jetzt? Wie fühlt es sich jetzt an, wenn du über das Leben nachdenkst?«

Auf einmal war es um uns herum still. Das Wasser wurde leise, der Wind blieb aus und auch der Vogel am Himmel war verschwunden. Ich entdeckte Raven etwas weiter unten. Er war wieder aufgetaucht, hatte uns den Rücken zugewandt und blickte auf das Wasser.

Ja, wie war es, wenn ich jetzt über das Leben nachdachte?

»Irgendwie fühlt es sich schrecklich an, schrecklich zu wissen, dass es dieses Leben, welches ich hatte, gar nicht mehr gibt.«

Lektion 27

Unsere Zeit hängt an einem seidenen Faden. Nicht jeder kann dieses Spiel gewinnen und manche spielen nur wenige Runden, bevor sie gehen. Jeder Tag ist ein Geschenk und mit jeder Sekunde können wir die Welt verändern und zu etwas Besserem machen.

»Also, ich denke, wir sollten dann mal los«, meinte Naoma und stand auf.

»Los?« Verzweifelt sah ich zu ihr hoch.

»Der Ball wartet.« Sie lächelte. Das Letzte, worauf ich Lust hatte, war eine solche Veranstaltung.

»Ich möchte deine romantische Denkweise keineswegs unterbrechen, aber wie stellst du dir das vor? Wir können da nicht einfach so reinspazieren«, sprach ich und erhob mich langsam. Raven hatte sich unter der Brücke verkrochen und würde wahrscheinlich die nächsten Stunden nicht mehr erscheinen.

»Jede Schule hat eine Hintertür. Du gehst dort hinein, findest Tris, gibst ihr den Brief und einen kleinen Tritt in den Hintern. Fertig.« Naoma klatschte auffordernd in die Hände.

»Ich bin mit allem einverstanden außer mit Nummer eins.«

»Mehr als hinauswerfen, können sie uns nicht«, versuchte Naoma mich zu beruhigen. Ich nickte. Irgendetwas musste ich ja tun. Immerhin war es eine Weile her, seit ich den ersten Brief überreicht hatte.

»Wann fängt der Ball an?«

»Er hat schon angefangen, aber so, wie ich die Leute kenne, tauchen die meisten erst später auf.« Naoma blickte etwas verwirrt in den Himmel. Bestimmt waren ihr die dunklen Wolken inzwischen auch aufgefallen. »Vielleicht sollten wir uns langsam auf den Weg machen. Ich muss nur noch schnell bei mir zu Hause vorbei.«

Ich nickte und warf noch kurz einen prüfenden Blick nach unten. Kein Raven, allerdings brannte das Feuer ziemlich hoch.

»Hast du den Brief?«, vergewisserte sich Naoma.

Bald hatten wir das Tor zum Park erreicht. Mittlerweile machte ich mir Sorgen, dass es geschlossen wäre, wenn ich zurückkommen würde. Ich war mir nicht sicher, ob ich eine Nacht alleine im Dunkeln verbringen wollte.

»Natürlich«, antwortete ich ihr.

»Hast du ihn gelesen?«, erklang prompt die nächste Frage.

»Selbstverständlich nicht.«

»Du solltest endlich diese Briefe lesen, vielleicht steht am Ende gar nichts Relevantes drin«, versuchte Naoma mich zu überzeugen.

»Wer weiß schon, was wichtig ist und was nicht?«

»Ich nicht. Allerdings wäre es doch möglich, dass dir noch andere Dinge einfallen, die du diesen Personen sagen willst.« Naoma drehte sich beim Laufen um und sah mich an.

»Das Problem dabei ist nur, ich kenne diese Leute nicht mehr.« Ich wich ihrem Blick aus und konzentrierte mich auf den Boden. Nicht, dass ich es spüren würde, sollte ich auf eine Glasscherbe oder so was treten, aber auf diese Weise hatte ich wenigstens etwas zu tun.

Eine Weile lang waren nur unsere Schritte auf dem Kies zu hören. Über uns färbte sich der Himmel bereits blutrot, es sah beinahe wie der Nagellack aus, dessen Reste noch an meinen Zehennägeln klebten. Die schattenhaften Wolken verdeckten den Himmel immer mehr und auch der Wind wurde kräftiger. Geblieben war nur die Wärme, die meinen gesamten Körper umgab.

»Ich wüsste nicht, wem ich schreiben sollte«, durchbrach Naoma einige Zeit später die Stille. Ratlos sah ich sie an.

»Du meinst Briefe?«, hakte ich nach.

»Nein Morsezeichen – natürlich Briefe«, erwiderte sie etwas zu direkt. Das hatte ich inzwischen über Naoma gelernt: Es gab nicht vieles, das sie wütend machte, aber wenn sie anfing, über sich selbst nachzudenken, dann war jede Frage ein Todesurteil. In meinem Fall war es ein Freifahrtschein in die Hölle. Ich hatte also soeben die Empfehlung erhalten, mich in Wasser zu verwandeln und in ein Loch im Boden zu sickern.

»Deiner Mutter und deinem Vater.«

»Lungenkrebs.« Ein Wort, das mir einen Stich versetzte.

»Wusstest du, dass jährlich rund viertausend Menschen daran erkranken? Es trifft für gewöhnlich mehr Männer als Frauen«, fuhr Naoma fort.

»Naoma …«, begann ich, wusste allerdings gar nicht, was ich sagen sollte.

»Meistens entdeckt man den Tumor erst in einem späten Stadium. Oft helfen nur operative Eingriffe oder eine Chemotherapie.« Sie blieb stehen und wischte sich verdächtig über die Augen. »Weißt du, was das Tolle an einer Chemotherapie ist? Sie frisst einen Menschen von innen heraus auf. Die Medikamente zerstören auch gute Zellen. Die Haare fallen aus …« Sie machte eine Pause und schluckte. »Die Haare fallen aus, bis man vollkommen kahl ist. Wenigstens muss man sich dann nicht mehr rasieren.« Sie lachte leise, während ich dastand und etwas verloren um mich blickte.

»Naoma, ich …«

»Die Menschen werden müde, ihnen ist schlecht, sie haben kaum Kraft und irgendwann fällt selbst das Sprechen schwer.« Die dunklen Schatten um uns herum schafften es nun nicht mehr, ihre Tränen zu verbergen.

»Es tut mir so leid.« Ich wollte sie trösten, hatte aber keine Ahnung, wie.

»Sie gaben ihm Schmerzmittel. Er hat den ganzen Tag geschlafen.

Weißt du, was das Schlimme daran ist? Wenn man dasitzen und zusehen muss, man sich wünscht, dass man nur in einem Albtraum gefangen ist und bald wieder aufwacht.«

Ich lief zu ihr und zog sie in meine Arme. Nun weinte sie bitterlich und ich konnte nicht verhindern, dass ich auch anfing.

»Ich war nicht da, als er starb. Ich war mit Freunden draußen.« Sie schluckte. »Ich bin ein grauenvoller Mensch. Ich konnte seinen Anblick nicht mehr ertragen. Mir wurde alles zu viel. Ich ließ meine Mutter und ihn alleine. Er starb, ohne dass ich mich verabschieden konnte.«

»Wenn du ihm noch etwas mitteilen willst, sag es mir. Ich werde ihn finden und es ihm ausrichten. Und wenn du ihm bloß sagen willst, dass wir heute schönes Wetter haben, dann ist das auch okay.« Ich versuchte zu lächeln, während mir kleine salzige Tränen aus den Augen kullerten.

»Ich wünschte, er hätte mir auch einen Brief geschrieben.« Naoma löste sich aus meiner Umarmung und trocknete ihre Tränen.

Auf einmal kam ich mir dumm vor. Ich hatte in meiner Hand einen Haufen Briefe für Leute, die vielleicht dasselbe dachten, und ich hatte die Chance, ihnen meine letzten Worte mitzuteilen, hatte die Gelegenheit, mich zu verabschieden.

»Wann ist das passiert?«, fragte ich sie. Ihre Augen wirkten durch die roten Ränder noch grüner.

»Kurz bevor du aufgetaucht bist«, meinte sie und klang wieder etwas gefasster.

»Er wäre stolz auf dich und ich bin mir sicher, er weiß, dass du ihn in deinem Herzen trägst.« Ich lächelte und drückte für einen Moment ihre Hand.

»Ich sollte nicht weinen. Das ist nicht okay«, flüsterte sie.

»Du kannst weinen, wann immer dir danach ist. Du kannst mir alles erzählen, was du willst. Ich bin da«, murmelte ich.

»Aber irgendwann wirst du auch wieder verschwinden. Das ist

auch der Grund, warum ich keine neuen Leute kennenlernen möchte. Eines Tages gehen sie alle.«

»Blödsinn. Alles hat einen Grund. Es war kein Zufall, dass wir uns getroffen haben. Und weißt du was? Wenn ich zurück in den Himmel muss, dann werde ich zum Poltergeist und lebe in deinem Kleiderschrank.«

Naoma verdrehte nur die Augen. »Ich wäre dir dankbar, wenn du meine Kleider nicht durcheinanderbringst.«

»Ich kann nichts versprechen.«

Als wir den Park verließen, war die Nacht schon angebrochen. Kleine Regentropfen fielen herab wie Tränen aus längst vergessenen Tagen. Das Leben war nicht immer gerecht, man konnte nur das Beste daraus machen und versuchen, die Spielregeln zu ignorieren und nach seinen eigenen zu leben.

Lektion 28

Wir sind hier, um anderen zu helfen. Wir sind hier, um die Welt zu verändern.

In Naomas Haus war es still. Es schien beinahe, als ob ihre Mutter nicht da wäre.

»Ich brauche ein paar Minuten, dann bin ich fertig«, sprach Naoma. Sie war wieder die alte und wich gekonnt jede meiner Fragen zu ihrem Vater aus. Ich erfuhr nur noch, dass sein Tod der Grund für den Umzug gewesen war.

»Was, wenn sie nicht dort ist?«, meinte ich. Naoma hatte sich im Badezimmer eingeschlossen und ich wartete vor der Tür auf einem in die Jahre gekommenen Holzstuhl.

»Tris?«, drang ihre Stimme zu mir.

»Ja?«

Es dauerte einen Moment, bis sie antwortete: »Hast du ihren Blog gesehen? Sie ist das It-Girl ihrer Schule. Auf keinen Fall wird sie diesen Ball verpassen.« Es polterte. »Meine Schuld«, rief sie gleich darauf.

»Lass dir Zeit.« Ich stand auf und begab mich wieder in ihr Zimmer. Ich war fasziniert davon, wie viele Bücher sie besaß. Es grenzte an Magie, wie eine Geschichte nur durch Worte erschaffen werden konnte. Und wenn all diese Gedanken auf Papier verewigt waren und man sie las, versank man in einer völlig anderen Welt.

Naoma würde wahrscheinlich noch eine Weile brauchen, um sich zurechtzumachen. Neugierig betrachtete ich die Bücher genauer.

Keines glich dem anderen. Jedes hatte einen anderen Einband, eine andere Farbe, einen anderen Klappentext. Ja, alle waren verschieden. Das mochte sich vielleicht nicht faszinierend anhören, aber wenn man sich bewusst wurde, dass man die nächsten Tagen mit verwirrten und gelangweilten Engeln verbringen würde, dann war selbst der Einband eines Buches interessant.

Das Licht der vielen Lichterketten in ihrem Zimmer flackerte ein wenig. Es war nicht wirklich hell, allerdings verlieh es dem Raum eine beinahe magische Atmosphäre. Ich würde es ja romantisch nennen, doch über solch eine Ader verfügte ich nicht.

Eines der Bücher stach mir ins Auge und veranlasste mich dazu, es genauer zu betrachten. Der Einband war vollkommen schwarz und mit einer schwungvollen Schrift in Gold war der Titel *Die Spätsommernacht* darauf zu lesen. Neugierig drehte ich es um.

»Was liest du da?« Naoma war lautlos ins Zimmer geschlüpft. Erschrocken ließ ich das Buch fallen. Einige der Seiten knickten dabei. »Verzeihung«, murmelte ich und hob es eilig auf. Warum fühlte sich dieses Buch so vertraut an?

»Die Spätsommernacht«, beantwortete ich ihre Frage und deutete auf das Buch mit dem schwarzen Einband.

»Kennst du es?«, hakte sie nach. Erst jetzt fiel mir auf, dass sie ein sommerliches, grünes Kleid trug. Ihre Haare waren offen und ihre Augen dezent geschminkt.

»Nein, ich glaube nicht. Du siehst gut aus.« Ich stellte das Buch an seinen Platz zurück.

»Was ist mit dir? Du solltest dich auch umziehen.« Naoma lächelte.

»Ich denke, ich bin angemessen gekleidet.«

»Du trägst Sportsachen«, seufzte Naoma und verdrehte die Augen.

»So ein Ballabend ist nicht so mein Ding.« Ich schüttelte den Kopf.

»Kompromiss – du ziehst dieses schlichte schwarze Ding an, das man sogar in der Schule anziehen könnte, und ich versuche, dir eine

Frisur und Make-up anzudrehen.« Naoma öffnete den Schrank und warf mir mit einem geübten Griff ein leichtes, schwarzes Kleid zu.

Zuerst wollte ich dagegen protestieren, aber das Kleid war wirklich ganz gewöhnlich und unterschied sich kaum von einem schlichten Sommerkleid. Es war schwarz, ging bis zu meinen Knien und erwies sich als nicht auffällig, kein Muster, keine Knöpfe, nichts Besonderes. »In Ordnung.«

Naoma drehte sich um und ich zwängte mich in die dunklen Gardinen aus Seide. Nach langem Hin und Her war alles an seinem Platz und wir konnten los. »Ist dir bewusst, dass mich die Menschen dort mit dunklen Haaren und blasser Haut sehen? Die denken sicherlich, ich wäre ein Grufti oder so.«

Naoma schloss die Haustür hinter sich. »Wir passen beide nicht auf diesen Ball und trotzdem versuchen wir es.«

Der Weg zur Schule eignete sich eindeutig nicht für einen Fußmarsch, weshalb Naoma schon nach kurzer Zeit die Nummer eines Taxis wählte. Die meiste Zeit schwiegen wir und auch während der Fahrt sprach kaum jemand ein Wort. Erst als wir vor dem Haus angekommen waren, taute die Stimmung wieder auf. »Mission Nummer eins: Hintereingang finden«, flüsterte Naoma und schlich über den Rasen um die Schule herum.

Das Gebäude war weiß, überall brannten Lichter und Fackeln. Viele Leute standen in ihren Festkleidern draußen und unterhielten sich. Womöglich hätten wir ganz bequem durch den Haupteingang laufen können, alle schienen so beschäftigt, dass sie es vermutlich gar nicht mitbekommen hätten.

Je länger wir um das Gebäude schlichen wie neugeborene FBI Agenten, umso dunkler wurde es um uns. Der hintere Bereich war nur spärlich beleuchtet.

»Ich hab's!«, rief Naoma und zerrte mich eilig zu einem kleinen Kippfenster. »Wir zwängen uns einfach dort durch.«

Mit hochgezogenen Augenbrauen musterte ich das winzige Fenster. »Das wird bestimmt elegant aussehen mit den Kleidern«, meinte ich und folgte ihr.

Rückblickend würde dieser Moment der normalste des ganzen Abends werden. Doch leider besaß man auch als totes Mädchen die Gabe nicht, in die Zukunft zu sehen.

Lektion 29

Abends, wenn es dunkler wird, scheinen die Lichter heller, die Gedanken schweifen ab und wir versinken in unserer eigenen Welt. Wir träumen von heldenhaften Geschichten, von der großen Liebe und Reichtum. Irgendwann wachen wir wieder auf und verdrängen diese Gedanken in den hintersten Winkel unseres Hirns. Wir wollen glücklich sein, Ziele erreichen. Nur vergessen wir dabei die Hinweise, die wir Tag für Tag erhalten, um das zu schaffen.

Soweit ich mich erinnern konnte, musste ich mich in meinem kurzen Leben niemals durch eine Art Blechbüchse quetschen. Von außen wirkte das Klappfenster breit genug, aber als ich versuchte mich durchzuzwängen, hatte ich Angst, ich würde stecken bleiben.

»Alles gut bei dir?«, hakte Naoma nach. Sie stand immer noch draußen und hielt Wache.

»Ganz ehrlich, ich wünschte, ich könnte durch Wände gehen«, ächzte ich. Ein paar Minuten später hatte ich es geschafft. Naoma folgte mir um einiges eleganter.

»Ich weiß gar nicht, was du hast«, sprach sie und klopfte sich die Hände an ihrem Kleid ab.

»Du hast eine riesige Spinne im Haar«, erwiderte ich.

»Ihh!« Naoma schrie auf und wedelte mit ihren Armen.

Es war dunkel, aber es dauerte nicht lange, bis sich meine Augen daran gewöhnt hatten. Ich erkannte immer mehr Umrisse. Bald stellte sich heraus, dass wir in einer Abstellkammer gelandet waren.

»Was ist das hier?«, meinte Naoma atemlos, nachdem sie herausgefunden hatte, dass da gar kein langbeiniges Insekt in ihren Haaren herumkroch.

»Ich glaube, das ist eine Art Gerümpelkammer.« Überall standen Besen, Putzeimer, Bücher und sogar ein Spielautomat. Licht gab es anscheinend nicht und eine Putzkraft war hier unten wohl ein selten gesehenes Subjekt.

»Nichts wie weg. Den Brief hast du noch, oder?« Naoma schlich zu der einzigen Tür im Raum.

Ich hastete ihr eilig hinterher und griff in die kleine Handtasche, die Naoma mir geliehen hatte. Wie die unzähligen Male davor berührten meine Fingerspitzen den Brief, nur um sicher zu gehen, dass er sich nicht auf mysteriöse Weise in Luft aufgelöst hatte.

»Ja«, flüsterte ich also.

Naoma öffnete vorsichtig die Tür und spähte hinaus auf den Gang. »Scheint niemand hier zu sein«, murmelte sie. Ehe ich mich versah, lief sie bereits zügig los. Eilig rannte ich ihr hinterher. Obwohl keine Menschen hier unten waren, hörte man dennoch die Musik ziemlich gut aus der Ferne. Gemeinsam stiegen wir eine steinige Treppe hinauf und gingen immer weiter, bis wir endlich auf weitere Gäste des Balles trafen. Die Luft hier oben war stickig und auf einmal konnte ich nur zu gut nachvollziehen, warum die meisten draußen standen.

Die Lautstärke der Musik nahm stetig zu und überall waren Leute in wunderschönen Kleidern oder Anzügen. Die Farben der Stoffe waren allesamt unterschiedlich, von braun über blau bis hellgrün gab es alles. Bunte Muster kreuzten schlichte Farbmuster. Es war ein Farbenspiel und für einen Augenblick konnte ich meine Augen nicht von den bunten Röcken abwenden. Das Licht tauchte den Raum in ein farbenfrohes Spektakel und die Tische bogen sich unter dem Gewicht der zahlreichen Speisen und Getränke. Ab und zu erhaschte ich einen Blick auf die riesigen Plakate, die den Ball anscheinend angekündigt hatten. Es war schwer zu sagen, bei den vielen Leuten, die mir beinahe ununterbrochen durch mein Blickfeld rauschten. Das waren eindeutig zu viele. Ich würde Tris niemals finden.

»Naoma, warte kurz.« Ich hielt sie am Handgelenk fest, bevor sie weiter in die große Halle stolperte.

»Ja?« Sie sah mich überrascht an.

»Hast du gesehen, wie viele Schüler hier sind? Ich dachte immer, auf Privatschulen seien die Plätze begrenzt«, flüsterte ich so leise wie möglich.

»Wahrscheinlich haben die noch andere Schulen eingeladen. Das machen sie oft, um zu zeigen, wie toll sie sind«, wisperte sie zurück.

»Und wie finden wir Tris?« Ich streckte mich ein wenig, um über all die Köpfe sehen zu können. Ich hoffte, dass ich Tris irgendwo entdecken würde. Doch anscheinend hatte irgendwer schwarze kurze Haare zum aktuellen Modetrend erklärt.

»Wir rufen sie einfach auf.« Naoma lächelte überzeugt.

»Oder wir kommen an einem anderen Tag wieder«, erwiderte ich. Langsam wurde mir das Ganze zu bunt. Die Menschen hier wirkten abgehoben und in der Fruchtbowle schien mehr Alkohol als Frucht zu schwimmen.

»Oder wir sorgen für einen Feueralarm«, kam gleich die nächste Idee.

»Wie wäre es, wenn du dich im Saal umsiehst und ich mich hier?«, schlug ich vor. »Falls wir sie nicht finden, können wir den Alarm immer noch als Plan B gebrauchen«, fügte ich hinzu.

»Gut. Und wo treffen wir uns?«

»In 30 Minuten hier?«

Naoma nickte und verschwand im Gedränge. Mir blieb also nichts anderes übrig, als ebenfalls auf die Suche nach Tris zu gehen. Ich zwängte mich zwischen all den kurzen Röcken und teuren Anzügen hindurch, bis ich endlich im Freien stand.

Mein Blick schweifte über die Menge, aber auch hier konnte ich Tris nirgends entdecken, doch leider befand sich jemand anderes unmittelbar in meiner Nähe. Platinblondes Haar und ein falsches Lächeln, genau so hatte ich Beatrice' Freundin in Erinnerung behalten. Sie trug ein eng anliegendes blaues Kleid und drehte sich in dem Moment in meine Richtung, als ich die Flucht ergreifen wollte.

Ich versuchte noch, mich hinter einer riesigen Zierpflanze zu verstecken, doch da hörte ich bereits das Näherkommen von hohen Schuhen. Ihre Schritte auf dem Steinboden klangen beinahe bedrohlich und konnten auch von der Musik nicht übertönt werden. Geduckt schlich ich quer durch das gesamte Topfpflanzen-Sortiment.

»Hey!«, rief eine vertraute Stimme. »Du da!«

Stürmisch lief ich weiter, bis ich fast durch den Saal rannte. Allerdings beschleunigten sich auch ihre Schritte. Einige Leute bedachten mich mit wütenden Blicken, während ich weiterhin versuchte voranzukommen.

Nach einer erfolgreichen Verfolgungsjagd erreichte ich eine Mädchentoilette. Dort würde ich mich verkriechen. Ich bezweifelte stark, dass dieses Mädchen in jeder einzelnen Kabine suchen würde. Eilig drängte ich mich in den Raum und stolperte dabei genau in die Person, die ich nicht auf diesem Wege kennenlernen wollte.

Lektion 30

Manche Geschichten müssen zu Ende gehen, damit man Platz für neue hat. Das Einzige, was bleibt, sind Erfahrungen.

Das Leben erteilte mir immer wieder Lektionen. Lektionen über alles Mögliche. Es gab simple Dinge, die ich ziemlich früh gelernt hatte. Wie zum Beispiel, dass Lügen einen nicht weit brachten, es nur wenige Freunde gab, die bis zum Schluss blieben, und man niemals einen ganzen Schokoladenkuchen allein essen sollte.

Jedoch gab es auch einige Dinge, die ich erst später begriffen hatte. Unter anderem die Erkenntnis, dass sich leider keine Löcher auftaten, durch die man verschwinden konnte.

Die Tris vor mir war anders als die auf den vielen Blog-Bildern. Ich bekam kein perfektes Lächeln, nicht mal ein Wimpernzucken. Sie bedachte mich lediglich mit einem gelangweilten Blick.

Ihr dunkles Haar schien im Licht zu glänzen und um ihre Augen reihte sich eine beträchtliche Anzahl falscher Wimpern. Ihr enges, grünes Kleid vermittelte den Eindruck, es würde beim nächsten Atemzug platzen.

Einen Moment lang sahen wir uns nur an.

»Willst du was kaufen?«, fragte sie leicht gereizt. Wahrscheinlich würde ihre blonde Freundin bald um die Ecke kommen und ich konnte schließlich nicht ewig hier bei der Toilettentür stehen bleiben, also musste ich mir unbedingt etwas einfallen lassen.

»Nein, aber ein Interview hätte ich gerne. Ich arbeite für eine Zeitschrift und bin auf deinen Blog aufmerksam geworden«, sprach ich monoton. Es war wahrscheinlich nicht gerade die beste Idee, aber es war besser als nichts.

»Eine Zeitschrift?«, fragte sie unglaubwürdig.

»Genau.«

Ein Mädchen mit rötlichem Haar drängte sich an Tris vorbei. Diese wich keinen Millimeter zur Seite.

»Wo ist denn dein Schreibzeug?«, folgte gleich die nächste Frage.

»Das ist die neueste Technik. Man hat alles im Kopf. Fördert das journalistische Talent.« Ich tippte mir an die Schläfe und hoffte, dass sie nicht die Klügste war.

»Wieso mein Blog?« Sie schien noch immer skeptisch zu sein.

Ich versuchte mich an die knallpinke Blog-Seite zu erinnern, zählte ihr einige der Themen auf und fügte jedes Mal hinzu, wie interessant das Ganze doch sei.

»Tatsächlich?« Sie entspannte sich ein wenig und trat ein paar Schritte in das Innere der Toilette. So war es mir endlich möglich, die Tür zu schließen, damit wir allein sein konnten.

Wenigstens konnte ich mich nun auf meine Erinnerungen konzentrieren.

Tris und ich hatten uns gekannt, seit wir klein waren. Früher hatten wir oft Verstecken gespielt oder uns die Haare mit Stiften bunt angemalt. Ihre waren damals viel länger gewesen als jetzt. Tris war außerdem eine meiner wenigen Freundinnen gewesen. Ich hatte den Großteil meiner Zeit mit ihr verbracht und wäre niemals auf die Idee gekommen, mir andere Freundschaften zu knüpfen. Sie hatte schon immer eine Vorliebe für Kleider gehabt und wollte später im Bereich Modedesign arbeiten. Wir hatten zusammen die Schule besucht und nichts und niemand konnte uns trennen, zumindest hatte ich das gedacht.

Eines Tages, als wir in eine neue Klasse gekommen waren, hatte sie auf einmal andere Freunde gefunden. Sie hatte kaum noch Zeit für mich gehabt und angefangen, mich anzulügen. Ich hatte nun ebenfalls damit begonnen, mir neue Freunde zu suchen. Aber sobald ich jemanden gefunden hatte, war Tris gekommen und hatte versucht mich schlechtzumachen. Ich hatte nicht verstanden, warum sie das getan hatte, denn in dem Augenblick, da wir wieder nur unter uns gewesen waren, war sie dieselbe wie früher gewesen. Sie hatte mit mir gelacht und mir bei Problemen geholfen. Doch wenn eine ihrer neuen Freundinnen da gewesen war, hatte es keine Rolle mehr gespielt, wer ich gewesen war.

Die Zeit war vergangen und auf einmal hatte ich mich damit zufriedengegeben. Nicht jede Freundschaft hielt für immer. Anfangs war ich wütend gewesen und hatte sie für all meine Probleme verantwortlich gemacht und irgendwann hatte ich dann selbst gemerkt, dass mein Leben auch ohne sie weiterging.

Ich war nie eines dieser Mädchen gewesen, das enge Jeans angezogen hatte, um schlanker zu wirken, oder tonnenweise Make-up aufgetragen hatte, um einen Freund zu finden. Auch mein Musikgeschmack war nicht davon geprägt worden, welches Lied angesagt gewesen war, ich hörte mir das an, was mir eben gerade gefiel. Es hatte Tage gegeben, da hatte ich lieber draußen gesessen und die Sterne beobachtet, anstatt auf eine Party gehen zu wollen. Genau diese Dinge hatte Tris nicht verstanden und vielleicht hatte uns das erkennen lassen, dass wir uns alle veränderten.

Und aus besten Freunden waren Fremde geworden.

»Also erste Frage?« Sie lehnte sich gegen das Waschbecken und gähnte ungeduldig.

Lektion 31

Wir sollten das Leben führen, das wir wollen. Vorbei an allen Schatten und dunklen Gedanken. Die einzige Person, die es noch nicht gibt, sind wir selbst.

Tris sah mich neugierig an. »Ich warte …«, sprach sie.

Im Fragenausdenken war ich leider nicht wirklich gut. Darum dauerte es eine Weile, bis mir etwas einfiel. Zum Glück schien das kein Misstrauen in ihr zu wecken.

»Warum hast du dich für diese Privatschule entschieden?«

Sie überlegte einen Moment. »Ich dachte, die Fragen beziehen sich auf meinen Blog, aber von mir aus … Weil all meine Freunde auf dieser Schule waren.« Sie wirkte gelangweilt und fuhr sich gähnend durch die kurzen Haare.

»Alle deine Freunde? Hattest du keine auf der High School?«, hakte ich nach.

Sie grübelte erneut. »Niemand, der es wert gewesen wäre, erwähnt zu werden«, meinte sie zögerlich. »Allerdings könnte ich dir viel mehr über meinen Blog erzählen.«

Ich nickte und blickte an ihr vorbei zu dem großen Spiegel. Meine Haare kamen mir dunkler vor als die von Tris. Meine Haut hatte immer noch einen gespenstisch blassen Ton und das schwarze Kleid ließ mich nicht gerade lebendiger erscheinen. Langsam hatte ich mich an meinen Anblick gewöhnt. Irgendwie hatte dieses neue Ich eine andere Art von Schönheit. Meine Augen stachen deutlich hervor und meine Lippen hatten einen Hauch von blutrot.

Während ich mein Spiegelbild betrachtete und Tris irgendetwas über den Jungen erzählte, der ihre Seite erstellt hatte, fühlte sich alles so surreal und doch gut an. Das erste Mal in meinem Leben war es mir egal, was Tris sagte oder dachte, und ich hatte das Gefühl, dass ich ihr überlegen war.

»… ich habe jedoch sofort abgesagt. Ich meine, jede Zeitschrift wäre besser als die.« Tris lachte künstlich auf.

»Sehr interessant«, murmelte ich.

»Warum trägst du eigentlich keine Schuhe?«

Etwas verwirrt sah ich sie an. Irgendwie hatte ich mich an mein schuhloses Ich gewöhnt.

»Die High Heels waren zu hoch«, log ich und betrachtete meine Füße. Es würde wohl für immer ein Rätsel bleiben, wo das dazu passende Schuhwerk abgeblieben war.

»Ach?« Tris hob eine Augenbraue.

»Zurück zu dir. Wenn du etwas aus deiner Vergangenheit rückgängig machen könntest, was wäre das?«

»Ich hätte viel früher mit einer Diät anfangen sollen.« Sie drehte sich zum Spiegel und blickte hinein. Zufrieden fuhr sie sich über den flachen Bauch. »Und diese Wimpernverlängerung hätte ich auch schon eher machen lassen können.« Sie wusch sich die Hände. Es wunderte mich, dass noch niemand hereingekommen war. Wahrscheinlich waren alle mit tanzen beschäftigt.

»Und was würdest du ändern?«, fragte Tris auf einmal. Sie wandte den Kopf in meine Richtung und sah mir direkt in die Augen.

»Ganz ehrlich? Ich würde mich von bestimmten Menschen fernhalten.« Ich lächelte und sah sie ebenfalls an. Auf ihrem Gesicht spiegelte sich Verwunderung. Überrascht hob sie die Augenbrauen.

»Sag mal, kenne ich dich?«, rief sie plötzlich und wandte sich ruckartig zu mir um. Das hatte ich nicht erwartet.

»Nein. Interview beendet«, murmelte ich.

»Du bist ihretwegen hier, oder? Du willst mir ein schlechtes Gewissen einreden, nicht wahr?« Auf ihrer Stirn zeichnete sich eine kleine pulsierende Ader ab. Sie war zweifellos wütend.

»Wegen wem?«

»Du weißt, wen ich meine. Und ich habe kein schlechtes Gewissen. Sie hat sich das alles selbst zuzuschreiben. Immerhin war sie diejenige, die mich im Stich gelassen hat.« Sie wandte sich wieder ab und kniff ihre Augen zu schmalen Schlitzen zusammen.

»Warum denkst du das?«, fragte ich leise. Mir war bewusst, dass sie von mir sprach.

»Warum ich das denke? Sie hat niemals akzeptiert, dass ich vielleicht auch eine andere Seite habe, dass ich anders bin, andere Freunde besitze.« Diese Worte spuckte sie förmlich aus.

»Allerdings hast du das Gleiche getan«, meinte ich ruhig.

»Kann schon sein …«, flüsterte sie. »Und trotzdem ist sie jetzt tot und hat sich nie dafür entschuldigt.«

Wir schwiegen beide eine Weile, wussten nicht, was wir sagen sollten.

»Ich denke, sie würde es tun, wenn sie noch hier wäre … wofür auch immer.« Etwas unbehaglich verschränkte ich meine Hände ineinander.

»Ich hätte das ebenfalls tun sollen«, kam es leise von Tris.

»Was?«

»Mich entschuldigen.«

Unser Gespräch wurde plötzlich von einer betrunkenen Frau unterbrochen. Kichernd wankte sie in die Toilette.

Irgendwie tat Tris mir leid. Das Kleid, die Wimpern und alles andere waren nur Fassade. Eine Art Maske von einem Mädchen, das ich nicht kannte und nicht kennenlernen wollte.

»Hier.« Ich suchte eilig nach dem Brief und gab ihn ihr. Sie sah mich verwundert an.

»Was ist das?«

»Ein Brief.« Mehr wollte ich ihr nicht sagen.

»Der ist von ihr, nicht wahr?« Mit einem Mal wirkte sie traurig. Da war sie, die alte Tris.

Plötzlich leuchtete der Feuermelder an der Decke auf. Ein rotes Licht blinkte und ein durchdringender Ton quälte mein Trommelfell.

»Feueralarm! Bitte verlassen Sie umgehend das Gebäude«, sprach eine monotone Stimme über den Lärm hinweg.

In diesem Moment war ich Naoma dankbar. Offensichtlich hatte sie unseren anderen Plan in die Tat umgesetzt und den Feuermelder ausgelöst.

»Es ist niemals zu spät, etwas zu ändern«, übertönte ich das Warnsignal und machte dann kehrt, um aus dem Raum zu verschwinden.

Ich rannte beinahe durch die Menschenmenge. Einige ältere Aufpasser gaben Anweisungen, während die Schüler ganz gemütlich ins Freie schlenderten.

Von Naoma fehlte jede Spur und selbst als ich mich in der Menschenmenge umsah, konnte ich sie nicht entdecken. Die Luft draußen war kühl und schon wieder strich dieser gespenstische Wind durch mein Haar.

»Das war nur eine Übung!«, brüllte jemand über den Platz. Mehrheitliches Seufzen folgte.

Ich lief einfach weiter und ließ all das hinter mir. Tris war nun ebenfalls Vergangenheit, aber vielleicht würde sie ihr Leben irgendwann so führen, wie sie es für richtig hielt. Irgendwie hatte ich das Gefühl, dass sie mich erkannt hatte.

Meine Füße trugen mich durch die leeren Straßen, vorbei an dunklen Straßenlaternen und großen Bäumen. Auf der Wiese kurz vor dem Park hielt ich inne. »Was tust du hier?«

Brief 2

Liebe Tris,

für dich habe ich das Lied Skinny Love *von* Birdy.

Wie viele Seiten hat ein Buch?

Wie oft kann man eine Geschichte lesen, ohne dass sie langweilig wird?

Und wann ist sie zu Ende?

Bevor du dich fragst, warum ich dir das alles schreibe, lies es dir einfach durch. Immerhin dürfte lesen deinem Ruf wohl kaum schaden.

Wir kennen uns, seit wir klein waren, waren immer zusammen unterwegs. Kennengelernt haben wir uns damals im Kindergarten. Ich war das kleine schüchterne Mädchen mit dem grünen Kleidchen und den blonden langen Haaren. Du hattest ein ähnliches Kleid an und wir haben uns angesehen und gelacht. In diesem Moment war es klar, wir würden die besten Freunde werden. Von da an gab es uns nur noch im Doppelpack. Wir trugen dieselben Klamotten, aßen gemeinsam Mittag und spielten bis spätabends. Wir saßen im nassen Gras, blickten zu den Sternen und sprachen über unsere Zukunft. Du hast mir all die Schatten vor meinen Augen vertrieben, hattest stets ein Lächeln auf den Lippen.

Unser Plan war es gewesen, zusammen zu studieren, eine WG zu gründen und am gleichen Tag zu heiraten. Wir haben unsere Namen auf Papier geschrieben und im Feuer verbrannt. Wie ein ewiger Schwur, dass wir zusammenbleiben werden.

Dinge ändern sich, nicht wahr?

Wir wurden älter und du hast dich für die andere Straßenseite entschieden. Du wolltest lieber jemand sein, zu dem man aufsah. Jemand, vor dem man sich fürchtete.

Ich sage nicht, dass es falsch ist, so zu handeln. Menschen verändern sich und wir haben es auch getan. Nur irgendwie in eine völlig andere Richtung.

Vielleicht hätten wir um einander kämpfen sollen, miteinander reden, dem anderen sagen, was wir fühlen. Doch bekanntlich sind Menschen zu stolz dafür, ihre Fehler zuzugeben.

Man kann Menschen nicht verändern und nicht erwarten, dass sie so werden, wie man es sich vorstellt. Manche Geschichten gehen einfach zu Ende.

Zu den Fragen am Anfang meines Textes.

Jedes Buch hat unterschiedlich viele Seiten. Manchmal nur einhundert und manchmal über sechshundert.

Eine Geschichte kann man immer und immer wieder lesen, aber irgendwann wird sie einfach langweilig. Man kennt das Ende schließlich schon.

Wann eine Geschichte endet, entscheidet jeder für sich.

Da war immer etwas zwischen dir und mir, von dem ich dachte, es würde niemals enden. Doch jedes gute Buch ist irgendwann vorbei. Wir hatten nur diese kurze Zeit, denn unsere Geschichte wurde niemals für die Ewigkeit geschrieben.

Vergiss niemals, wer du einmal warst!

deine ehemalige beste Freundin

Lektion 32

Die Welt, die ich kannte, gab es nicht mehr. Jeden Tag schien sie ein bisschen mehr zu zerbrechen und keiner hat etwas dagegen unternommen.

»Es ist nett, dass du mich begleiten willst, aber ich schaffe das alleine.« Ich eilte durch die Dunkelheit. Das schwarze Kleid lag etwas unbequem auf meiner Haut. In diesem Moment wünschte ich mir meine Hosen zurück.

»Wie viele Briefe hast du schon überbracht?«, fragte er und schien kaum Mühe damit zu haben, mit mir Schritt zu halten, denn schon bald hatte er mich eingeholt.

»Zwei«, knurrte ich und lief schneller. »Ich dachte, wir reden nicht miteinander«, fügte ich hinzu. Immerhin war er derjenige gewesen, der diese Regel aufgestellt hatte.

»Ich weiß, dass es nicht leicht ist. Trotzdem musst du es als Chance sehen«, versuchte er mich zu besänftigen. Seine Stimme ging beinahe im Wind unter und doch drang das seltsame Flüstern an meine Ohren. Es fühlte sich an, als ob er sich in meinem Kopf eingenistet hätte und jedes seiner Worte dort haften blieb wie Kaugummi in den Haaren.

»Es tut weh«, zischte ich und hielt inne. Raven tat es mir nach und sah mich einen Moment verwundert an. »Es tut weh, wie tausend kleine Nadelstiche in meinem nicht vorhandenen Herzen.«

Er stand da, die Hände wie immer in den Hosentaschen und dunkle Strähnen vor dem Gesicht. Nur wirkte er heute nicht so überlegen und kühl wie sonst. Es erinnerte mich irgendwie an die Situation mit Naoma, als sie mir das mit ihrem Vater erzählt hatte.

»Ich will diese Briefe nicht verteilen.« Ich zuckte mit den Schultern und blickte in den Himmel. »Ich habe meine Schwester kaum gekannt und dennoch war es unheimlich schmerzhaft, ihr diesen Brief zu überreichen und zu gehen. Dasselbe bei Tris. Endlich konnte ich ihr alles sagen und trotzdem tut es weh. Ich habe es so satt, diesen Schmerz zu fühlen.« Meine Stimme wurde immer lauter und selbst der Wind schlich sich davon.

»Mai, wenn du zulässt, dass es wehtut, dann wird es das auch tun.« Er stand noch immer etwas ratlos vor mir.

»Ja, vielleicht hast du recht. Ich habe zugelassen, dass es schmerzt. Im Übrigen nennt man es Hoffnung und Vertrauen.« Ich drehte mich wieder um und lief davon. Er würde mich problemlos einholen, aber darum ging es nicht. Ich wollte einfach weg.

»Das Leben steht im ständigen Gleichgewicht. Du kriegst niemals Liebe ohne Hass oder die Wahrheit ohne Lüge. Stell dir das Ganze wie eine Scheibe vor. Auf der linken Seite die schönen Dinge und auf der rechten die schlechten. Wenn du zu viel Gutes hast, kippt die Scheibe.« Er war stehen geblieben und seine Worte drangen nur leise an mein Ohr. Das Gras unter meinen Füßen war nass und rutschig und ich hatte mit jedem Schritt Angst, dass ich fallen würde.

»Was ist mit Tris? Sie hat alles, sie hat ihre Freunde und ihre Familie. Sie wird eines Tages ein richtiges Interview für eine Zeitung haben.« Ich wandte mich ihm wieder zu. Er stand noch immer am selben Ort.

»Sie ist nicht sorgenfrei. Wer einmal Macht gekostet hat, der will mehr. Das macht nicht fröhlich, man zwingt sich nur viel zu viel auf«, antwortete er.

»Und Leo? Was ist mit ihm? Er hat kein Problem mit all dem.«

»Nenne es, wie du willst, ob Freundschaft oder Liebe … Jeder Mensch in unserem Leben hinterlässt eine Lücke, wenn er aus diesem verschwindet.«

»Ja, genau ›Liebe‹. Weißt du, wie sich Liebe anfühlt? Man kann abends nicht schlafen, weil man sich Vorwürfe macht. Man kann morgens nicht aufstehen, ohne einen Gedanken an all die Fehler, die man gemacht haben könnte.« Meine Hände zitterten, obwohl ich die Kälte um mich herum nicht spürte.

»Das ist keine Liebe, Mai.« Raven schüttelte den Kopf. »Manche Menschen sind nicht bereit für eine Beziehung und andere wünschen sich nichts sehnlicher als das.« Eine Wolke schob sich vor den Mond und für einige Sekunden schien es, als würde Raven mit der Dunkelheit verschmelzen.

»Nein, Liebe ist gar nichts, nur eine schattenhafte Erinnerung in meinen Gedanken.«

»Bleib bitte nur einen Moment stehen«, sprach er und seufzte.

»Wozu? Ich will meine Beine nutzen, solange ich sie noch habe.«

Abermals schüttelte er den Kopf. Ich tat, worum er mich gebeten hatte, und wartete. Der Mond kam hinter der Wolke hervor und erhellte das Gras unter meinen Füßen. Ein einsamer Nachtfalter flatterte um mich herum. Seine Flügel waren so winzig und dennoch steckte in jedem seiner Flügelschläge eine außerordentliche Kraft. Selbst der Wind, mein ständiger Begleiter, vermochte diesem kleinen Geschöpf nichts anzuhaben.

»Du kannst nur glücklich werden, wenn du aufhörst, an das Unglück zu denken.« Inzwischen stand er direkt vor mir. Das dunkle Schwarz seiner Augen schimmerte im Mondlicht.

»Das ist nicht so leicht«, entgegnete ich und lachte auf.

»Nein, aber wenn du nie damit anfängst, wird der Weg immer länger.«

»Gut, ich versuch's«, murmelte ich. Der Falter flog weiter, immer höher hinauf, bis er aus meinem Sichtfeld verschwand.

Raven seufzte und zog mich zu sich. Es war nur eine einfache Umarmung, während diese unbehagliche Kälte schon wieder meinen Rücken hochkroch, und doch tat es gut.

»Tote Mädchen weinen nicht. Selbst dann nicht, wenn das Leben sie aufgegeben hat«, flüsterte er in meine Haare. Für einen Moment schloss ich meine Augen und erwiderte die Umarmung. Ich fühlte mich besser, beinahe leicht, als würde ich schweben. Ich fühlte mich wie dieser Nachtfalter, der sich kein bisschen darum kümmerte, dass er alleine war, der Wind durch seine Flügel blies und die Kälte an ihm zerrte wie dunkle Gespenster an trüben Tagen.

»Danke«, flüsterte ich in die Umarmung hinein.

»Wofür?«

»Für alles.«

Da standen wir und umarmten uns noch eine Weile. Zwei Menschen auf einer großen Wiese vor einem Park. Wahrscheinlich sahen wir aus wie Liebende oder enge Freunde oder wie Betrunkene, die gerade entdeckt hatten, dass sie dieselben Interessen teilten. Und doch waren wir so viel mehr als das. Wir waren zwei Tote, die Geschichten erzählen konnten. Geschichten über den Tod und das Leben und das beides gar nicht so schrecklich war, wie man dachte. Man musste nur wie dieser Schmetterling immer weiterkämpfen.

Lektion 33

Du wirst das Glück nicht finden, wenn deine Gedanken voller Zweifel sind. Grabe nicht zu tief in der Erde, sondern suche unmittelbar neben dir.

Manchmal fühlte es sich an, als hätte ich mein Leben lang ein Brett vor dem Kopf gehabt. Dieses Brett glich sogar eher einer ziemlich robusten Mauer. Wenigstens hatte ich mir dadurch nicht den Kopf an einem Laternenpfahl angeschlagen. Ich war blind gewesen, manche würden naiv sagen. Inzwischen war diese Mauer verblasst und ließ zu, dass ich die Wirklichkeit sah.

Wenn man tot war, sah man die Dinge anders. Ich hatte meinen wenigen Freundinnen immer den Rat gegeben, dass sie für einen Kerl geheimnisvoll wirken sollten. Nicht sie sollten sich bei dem Jungen melden, er sollte es tun. Sie sollten die Unerreichbare spielen. Ich musste zugeben, am Anfang hatte dieses Hin und Her ziemlich gut funktioniert, doch irgendwann merkte ich, dass das nicht richtig war. Was waren das für Männer, für die man ständig auf *schwer zu haben* machen musste? Die fürs Leben bestimmt nicht. Man wollte schließlich so geliebt werden, wie man war, und nicht, weil man dieses Spiel beherrschte.

Ich hatte es übrigens auch mit Leo gespielt, zumindest gaben meine kurzen Erinnerungen Hinweise darauf.

»Du siehst nachdenklich aus.« Meine Schwester betrachtete das Wasser eingehend. Sie trug keine Schuhe, nur dieses feenhafte, weiße Kleid, das ihre helle

Haut allerdings kein bisschen blass wirken ließ. Ihre blonden Haare waren leicht gelockt und gedankenverloren tauchte sie ihre Zehen in das kühle Nass. Kleine Ringe ließen sanfte Wellen über die Wasseroberfläche tanzen und für einen Moment verschwamm unser Spiegelbild.

»Ich bin müde, das ist alles«, antwortete ich.

Es war ein herrlicher Tag. Keine Wolke war zu sehen und die meisten Menschen waren bereits in den Ferien. Kaum ein Lebewesen befand sich hier unter der Brücke und diese Stille fühlte sich gut an. Ich stand im Fluss und die Kälte des Wassers umhüllte meine Beine wie ein Mantel.

»Du denkst über einen Jungen nach.« Sie zwinkerte mir zu und tauchte ihre Hand nun ebenfalls in das Wasser, zog diese jedoch gleich wieder hinaus. »Das Wasser wird immer kälter. Warum kannst du darin stehen?« Sie schüttelte den Kopf.

»Man gewöhnt sich daran«, sprach ich. Meine Gedanken kreisten tatsächlich um einen Jungen. Leo hatte mich geküsst und irgendwie fühlte sich alles um mich herum so unwirklich an. Ich wollte ihn in meiner Nähe haben, wünschte mir, dass er mir ein Lächeln schenken würde und ich mich einfach an ihn lehnen könnte. Allerdings hatte er sich seitdem kein einziges Mal gemeldet. Gestern hatte ich ihn gesehen, als wir mit der Gruppe draußen waren. Wir hatten im Park gesessen und alle miteinander gesprochen. Ein gewöhnlicher Abend wie jeder andere, nur das nun etwas zwischen mir und Leo war. Nur er wirkte gestern, als wäre nichts passiert.

»Und wie heißt er?«

»Der Fluss?« Etwas verwirrt sah ich auf.

»Nicht doch, du Dummerchen. Der Junge, an den du denkst.« Sie lächelte.

»Du kennst ihn. Wir haben uns geküsst, aber er meldet sich nicht.« Ich blickte geradeaus und kam mir irgendwie dumm vor. Noch niemals hatte ich mich wegen eines Jungen so angestellt.

»Lass mich raten. Leo?«

Unsicher sah ich zu ihr. »So auffällig?«

»Ihr seid seit dem Kindergarten beste Freunde. Wenn nicht er, wer dann?«

Auf einmal war die Stille mehr als beruhigend. Ich zog meine Beine aus dem

Wasser und merkte erst jetzt, dass sie beinahe eingefroren waren. Sie fühlten sich taub an und die Kälte hatte sich in meiner Haut eingenistet.

»Warum schreibst du ihm nicht?«, fragte sie zögerlich.

»Weil ich nicht will, dass er denkt, ich renne ihm nach.« Ich stand auf und blickte in den Himmel.

»Wie lange willst du das eigentlich noch so machen?«, seufzte meine Schwester. Sie erhob sich ebenfalls. Für sie war das einfach. Jeder Kerl rannte ihr hinterher. Sie wusste, wie sie lächeln musste, wie sie sprechen sollte, damit sie ihr alle nachliefen. Aber ich hatte nur Leo. Mit anderen Typen wusste ich nicht, worüber ich reden sollte.

»Was machen?«

»Dieses Hin und Her. Warten, bis er sich meldet, antworten und wieder warten.«

»Wenn es sein muss, eine ganze Weile.«

Liebe macht nicht nur blind, sondern auch dumm. Wir hatten uns immer wieder geküsst, heimlich getroffen, danach hatte ich gewartet und mich zurückgezogen, bis er sich meldete. Dieses Spiel lief Jahre, gesprochen haben wir allerdings nie wirklich darüber.

Im Nachhinein hätte ich vieles anders gemacht. Ich hätte ihm geschrieben, gesagt, was ich dachte, und vielleicht hätte es dann mit uns geklappt. Immerhin war unsere Geschichte wie die in einem dieser kitschigen Liebesfilme. Außerdem war da eine weitere Rückblende gewesen, die mich daran erinnert hatte, dass ich mir Rat in Online-Foren gesucht hatte. Ich hatte mir ein Fake-Profil erstellt, um meine Fragen unerkannt loswerden zu können. Jedoch bekam ich stets Antworten, die ich nicht hören wollte. Ich sah alles durch eine perfekte rosarote Brille.

Leider war ich nicht mehr in der Lage, all das rückgängig zu machen.

Eine Geschichte konnte immer auf zwei Seiten verlaufen, aber wenn man von Anfang an das falsche Ende anvisierte, lief es unweigerlich darauf hinaus.

Natürlich könnte man sich jetzt fragen, wie man ein ›falsches Ende‹ erkennt. Es ist ein kleines Ziehen in deinem Herzen. Ein Ziehen, das dich davor warnt, denselben Fehler immer wieder zu begehen. Und trotzdem ignorierst du es. Du willst glücklich sein und doch hast du Angst vor Konsequenzen.

So verhielt es sich auch bei mir. Ich wollte der Wahrheit nicht ins Gesicht sehen. Darum bekam ich diese kleinen wundervollen Momente, in denen ich glücklich war. Aber nach ihnen folgten trübe Wochen voller Zerrissenheit und Selbstzweifel.

Da war sie wieder, diese Scheibe, von der Raven gesprochen hatte. Das Leben befand sich in ständigem Gleichgewicht und mittendrin war das Mädchen mit den blonden Haaren, das versuchte, sein Glück auf der falschen Seite zu finden.

Lektion 34

Menschen, die in dein Leben gehören, wirst du niemals aus den Augen verlieren. Du wirst sie sehen, von ihnen hören und ihnen zufällig begegnen. Allerdings gibt es auch Menschen, die nur für einige Kapitel herhalten, bevor sie für immer aus deinem Buch verschwinden.

Leo war nicht hier. Der Junge, der einst mit seinem charmanten Lächeln mein Herz gestohlen hatte, befand sich nicht beim Skatepark. Dafür sah ich das Mädchen vom ersten Mal. Wie immer hatte sie einen Kaugummi im Mund und schien dies der ganzen Welt zeigen zu wollen. Es dauerte nicht lange, da entdeckte sie mich und kam näher. Ich wunderte mich darüber, dass sie ein viel zu großes Cap trug, das dunkle Schatten auf ihr Gesicht warf. Als sie fast bei mir angekommen war, fiel mir jedoch auf, dass ihre Nase einen leichten Rotschimmer hatte.

»Sonnenschutz. Falten sind unschön«, murmelte sie, nachdem sie meinen Blick richtig gedeutet hatte, und tippte sich auf das Cap, das dabei etwas verrutschte. Ich nickte nur.

»Ich nehme an, du suchst Leo?«

»So offensichtlich?« Ich lächelte.

»Zum einen hast du kein Skateboard für den Park und zum anderen wärst du nicht die Erste.« Sie formte aus ihrem Kaugummi eine Blase und pustete so viel Luft hinein, bis sie platzte und in Fetzen um ihren Mund hing.

»Wann kommt er denn?«, fragte ich zögerlich.

»Heute gar nicht, aber du findest ihn bestimmt im Einkaufscenter. Er ist dort oft nach der Schule.«

»Wo ist das?« Meine Finger umklammerten krampfhaft den niedrigen Zaun.

»Kennst du den Bahnhof?« Fragend sah sie mich an.

Wieder nickte ich.

»Gut, von da aus biegst du in die große Hauptstraße ab und läufst einfach die Straße entlang. Du kannst es gar nicht verfehlen. Es ist blau und ziemlich hoch.« Erneut ließ sie eine ihrer Kaugummiblasen platzen.

»Ich danke dir.« Ich lockerte meinen Griff und war mir sicher, dass sich auf meinen Handflächen ein Abdruck befand.

»Dein Name ist Mai, richtig?«, rief sie mir nach, als ich beinahe verschwunden war. Ich drehte mich noch einmal in ihre Richtung.

»Ja.«

»Du scheinst ein kluges Mädchen zu sein … Verliebe dich nicht in ihn.« Sie zuckte mit den Schultern.

»Keine Sorge, darum bin ich nicht hier.« *Das passiert mir kein zweites Mal.*

»Alles klar.« Sie hob die Hand und lief zurück zu ihrer Gruppe.

Das Leben war so kurz, kaum einen einzigen Atemzug lang, und ich hatte ihn bereits verbraucht. In der Zeit hatte ich Entscheidungen getroffen, viele Dinge verstanden und richtig gemacht, aber auch einige Fehler begangen. Und dann war es vorbei … Wie ein Streichholz, das in der Dunkelheit erlosch. Nur ein Licht von vielen in dieser Dunkelheit, die sich Ungewissheit nennt.

Das Mädchen hatte recht gehabt, man konnte das blaue Ungetüm nicht übersehen. Es passte eigentlich gar nicht in diese Stadt mit ihren winzigen Häusern und dem alten Schulgebäude, dem Park inmitten des Industriegebietes und den kleinen Cafés. Das Blau der Fassade wirkte beinahe trostlos. Es gab unzählige Fenster, in denen sich die Sonne spiegelte. Direkt daneben befand sich ein Parkhaus mit einem schlichten weißen Anstrich. Ein paar Leute schoben ihre Einkaufswagen in Richtung des Einkaufscenters. Topfpflanzen säumten den Eingang.

Leo konnte ich nicht entdecken, zumindest nicht vor dem Center.

Ich ging weiter und wollte durch die automatischen Türen in den klimatisierten Innenbereich treten, als ich gegen die glasige Schiebetür lief. Etwas verwirrt sah ich mich um, bevor ich zurück- und wieder nach vorne lief. Doch nichts – auch diesmal öffnete die Tür sich nicht. Das darf nicht wahr sein! Unbeholfen versuchte ich, die Tür mit meinen Händen aufzustemmen. Das sah wahrscheinlich genau so dämlich aus, wie es sich anfühlte.

»Diese Dinger klemmen ständig.«

Ich schloss meine Augen und hielt inne, ehe ich mich langsam umdrehte.

Naoma stand hinter mir. Sie trug schwarze kurze Hosen und ein weißes Oberteil, das ihr beinahe bis zu den Knien reichte. Eine Sonnenbrille thronte auf ihrem Kopf.

»Tut mir leid wegen des Balls«, meinte ich und trat einen Schritt zur Seite. Immerhin stand ich noch immer vor der Tür.

»Ich kenne dich mittlerweile so gut, dass ich weiß, dass du abhaust, wenn es dir zu viel wird«, sprach sie gelassen.

»Es ist aber nicht in Ordnung.« Ich blickte an ihr vorbei. Eine Frau mit kurzen Haaren schob einen Einkaufswagen über den Platz. Sie wirkte müde und eine gewisse Strenge zeichnete ihr Gesicht.

»Das ist okay. Momentan hast du einiges um die Ohren. Solange das mit dem Brief geklappt hat, bin ich beruhigt.«

»Ich danke dir. Du bist das Beste, was mir passieren konnte.« Ohne zu wissen, was ich tat, zog ich sie in meine Arme. Etwas überrascht erwiderte sie die Umarmung.

»Also …?«, räusperte sie sich und ließ mich los.

»Ich suche Leo. Ich will ihm den Brief bringen«, sprach ich und warf einen weiteren Blick auf die Frau von vorhin. Ihre Hände hielten den Wagengriff fest umschlossen und sie eilte zum Eingang, ohne nach links oder rechts zu sehen. Ein Auto hupte, während ein Fahrradfahrer stark bremsen musste, aber die Dame schien das nicht zu kümmern.

»Gut, dann fehlt uns danach nur noch eine Person.« Naoma schien zu überlegen.

»Eine? Du meinst zwei.«

»Ehm ja, … genau.« Naoma lächelte und wandte eilig ihr Gesicht ab.

Ich wollte gerade näher auf ihre seltsame Reaktion eingehen, als sich die Dame von eben an mir vorbeidrängte. Die Tür öffnete sich bei ihr automatisch und für einen kurzen Augenblick sah sie mich an. Obwohl der Moment schnell vorbei war, war ich mir sicher.

»Diese Frau!«, rief ich.

»Was?« Naoma sah mich fragend an.

»Ich kenne sie.«

Lektion 35

Das Leben war Kunst, ein Gemälde, und wir hatten Papier und Stift zum Verwirklichen unserer Träume. Wir brauchten nur noch den Mut, etwas Neues zu wagen.

»Wir müssen ihr nach!«, rief ich eilig und wollte losrennen. Naoma packte ein Stück meines schwarzen Kleides und zog mich zurück.

»Jetzt warte! Du wärst beinahe noch mal in die Scheibe hineingerannt. Warum hast du es so eilig?« Seufzend ließ sie mich los und stemmte die Hände in die Hüften.

»Ich denke, sie hat etwas mit meinen Briefen zu tun. Ich darf sie nicht verlieren!« Ungeduldig wartete ich, bis Naoma mir endlich folgte.

Im Inneren gab es eine große, runde Halle mit haufenweise Sitzgelegenheiten. Weiter oben gab es einige Stockwerke, in denen sich unzählige Einkaufsgeschäfte aneinanderdrängten. Kühle Luft schlug mir entgegen und ich wäre fast von einem kleinen Jungen mit einem roten Feuerwehrauto umgerannt worden.

»Pass doch auf!«, rief ich und hechtete zur Seite.

Die Frau war inzwischen aus meinem Blickfeld verschwunden. Es waren einfach zu viele Leute hier.

»Und jetzt?«, fragte Naoma und sah sich ebenfalls um. Es war ein Ding der Unmöglichkeit, sie wiederzufinden. Allem Anschein nach war heute der *offizielle Einkaufstag*.

»Keine Ahnung.« Seufzend ließ ich mich auf eine der Holzbänke nieder. Kindergeschrei drang aus dem ersten Stock.

»Dort ist die Eisdiele«, meinte Naoma und deutete in die Richtung, aus der der Kinderlärm gekommen war. Ich nickte nur und versuchte mich zu konzentrieren. Diese Frau kam mir so bekannt vor. Nur warum? Sie war älter als ich, also konnte sie höchstens eine meiner ehemaligen Lehrerinnen oder eine Verwandte sein.

»Hattest du eine Erinnerung?«, fragte Naoma zögerlich.

»Nur ganz vage. Es fühlte sich ein wenig wie Zugfahren an. Man hockt am Fenster, blickt hinaus und all die Bilder ziehen an einem vorbei«, antwortete ich.

»Was siehst du?«

Ich schloss die Augen und konzentrierte mich auf meine Gedanken. Langsam verstummte das Kindergeschrei um mich herum und die Stille nahm ihren Platz ein. Es fühlte sich wieder an, als würde sich eine Seifenblase um mich legen und alles von mir fernhalten, was meine Konzentration störte.

»Ein Garten vor einem Haus. Da ist ein Kastanienbaum und davor eine Kinderschaukel. Es blüht nichts, da ist nur Rasen. Das Haus ist gelb und hat rote Fensterläden. Es wirkt älter, nicht wirklich modern, und dennoch ist es schön. Der Briefkasten quillt beinahe über, die Fenster sind geschlossen, als wäre die Familie in den Ferien. Daneben sind weitere Häuser.«

»Das Zuhause eines Freundes?«, hakte Naoma nach.

»Nein, ich glaube, diese Frau wohnt dort.«

Dann war es vorbei mit der Ruhe und all die Geräusche um mich herum kamen zurück.

»Das heißt, ihr könnte einer der Briefe gehören«, überlegte Naoma. Ihr Blick glitt durch das Center. Irgendwie wirkte sie müde. Ständig unterdrückte sie ein Gähnen und schwarze Schatten befanden sich unter ihren Augen.

»Viel Auswahl an Briefempfänger haben wir nicht mehr, seufzte ich und holte die Briefe aus der Umhängetasche. »Leo hätten wir noch.«

»Stimmt. Leo …« Naoma schien zu überlegen. »Ist er hier?«

»Mir wurde gesagt, dass er hier wäre, aber vielleicht konzentrieren wir uns besser auf diese Frau.«

Naoma nickte nachdenklich.

»Könnte es jemand aus deiner Verwandtschaft sein?«

»Das vermute ich. Nur wer?« Ich seufzte. Das war komplizierter als gedacht.

»Wir teilen uns auf und suchen nach ihr.« Urplötzlich sprang sie auf. »Das ist ideal. Hier gibt es nicht viele Läden, in die Frauen in dem Alter gehen würden. Ich gehe in den Lebensmittelladen und die Modegeschäfte und du in den Blumen- und den Schmuckladen im obersten Stockwerk.« Sie lächelte mich an.

»Wir können es versuchen«, meinte ich und stand ebenfalls auf.

Die Wahrscheinlichkeit, sie wiederzufinden, war gering und dennoch war der Plan besser als nichts.

»Gut, in einer Stunde treffen wir uns wieder hier.« Ehe ich mich versah, war sie verschwunden. Verloren sah ich mich um. *Oberster Stock …*

Irgendwo musste es doch eine Rolltreppe oder einen Fahrstuhl geben.

Weiter hinten entdeckte ich tatsächlich einen Aufzug.

Ich wartete, bis die Leute ausgestiegen waren, und betrat dann den Fahrstuhl. Kaum hatte ich den Knopf für den obersten Stock gedrückt, sauste er los. Die Menschen unter mir wurden kleiner und kleiner. Erst, als sie wie Playmobil-Figuren aussahen, hielt das Ungetüm an. Die Tür öffnete sich und eilig stieg ich aus. Die Höhe hatte ich noch nie gemocht. Es machte mir Angst, den Boden unter den Füßen zu verlieren, keine Kontrolle mehr zu haben und zuzusehen, wie alles unter mir kleiner wurde, bis es verschwand.

Hier oben war es deutlich ruhiger. Ich fing bei dem Blumenladen an und kämpfte mich danach durch das winzige Schmuckgeschäft. Doch ich sah sie nicht. Eine Stunde später machte ich mich entmutigt auf den Weg nach unten.

»Ich hab's!«, rief Naoma und hielt ein Beutelchen in die Höhe.

»Ich hoffe, du hast sie nicht da hineingesteckt«, sprach ich.

Naoma rollte mit den Augen. »Nein, natürlich nicht. Jedoch habe ich das perfekte Geschenk.« Sie lächelte.

»Ein Geschenk?« Jetzt war ich verwirrt.

»Warte.« Sie öffnete den Beutel und förderte zwei Perlenketten zutage. Sie waren nahezu identisch bis auf vier farbige Steine. Bei einer Kette waren die Steine hellblau wie die Farbe eines kleinen Baches, bei der anderen Kette waren sie grün und ähnelten Naomas Augen.

»Die blaue ist deine.« Sie strahlte übers ganze Gesicht und drückte mir die Kette in die Hand. Sie fühlte sich seltsam kühl an, beinahe wie die Berührungen von Raven. Vorsichtig schob ich die Kette über meine Hand. Sie passte und irgendwie war die Kälte beruhigend.

»Danke«, meinte ich und blickte auf die Kette an meinem Handgelenk. Die Steine erinnerten mich an das Wasser unter der Brücke.

»Ach, und das hier ist auch für dich.« Sie zog einen Zettel hervor.

»Die Adresse der Frau.« Ihr Grinsen wurde breiter.

»Wie?« Vor Überraschung stand mir der Mund offen.

»Ich habe gesagt, ich müsse für die Schule eine Umfrage über das Center durchführen und brauchte ihre Hilfe. Sie hatte leider keine Zeit, aber sie hat mir ihre Adresse gegeben.«

»Wer tut so was?« Erstaunt sah ich mir den Zettel näher an.

»Eine Frau, die einer armen Schülerin helfen will.« Naoma zwinkerte mir zu. »Also los!«

Erinnerung

Es war Winter. Der Schnee türmte sich auf den Straßen und den Bäumen. Überall war dekoriert worden, es duftete nach Weihnachtsplätzchen, kleine Kinder bauten Schneemänner und spielten trotz der Kälte ausgelassen im Freien. Die meisten Menschen waren zu Fuß unterwegs, viele Autos standen im Stau oder blieben in dem dichten Weiß stecken. Es wurde bereits früh dunkel. Darum lagen manche bereits in dicke Decken gewickelt vor dem Fernseher, aßen Lebkuchen oder freuten sich auf die Überraschungen, die sie bald erhalten würden.

Ich saß draußen auf einer Bank und blickte in den Himmel. Savia war noch unterwegs und kaufte Geschenke, während Mutter bei der Arbeit war. Ich hielt mich nicht gern alleine in dem großen Haus auf. Die Kälte kümmerte mich nicht. Es machte sogar Spaß, tief auszuatmen und zu sehen, wie der eigene Atem zu Nebel wurde.

Weihnachten war für mich nach Halloween die schönste Zeit des Jahres. Endlich saßen alle beisammen, da es zu kalt draußen war, um irgendetwas zu unternehmen. Man machte sich Gedanken um Freunde und Familie, dachte darüber nach, womit man den anderen eine Freude machen konnte.

Doch das wunderbarste Gefühl war, wenn man morgens aufwachte und von diesem Winterwunderland empfangen wurde. Alles war wie verzaubert. Glitzernder Schnee überall auf den Straßen und Dächern und die Stille, die uns umgab.

Und dann war da noch der Weihnachtsabend, wenn viele mit einer Tasse Tee, Glühwein oder Kakao in der Hand vor dem Kamin lümmelten. Das war der einzige Tag im Jahr, an dem meine gesamte Familie anwesend war, an dem alle endlich Zeit füreinander hatten. Vielleicht mag das traurig klingen, aber das war es nicht. Man fing an, diese Momente zu schätzen. Weihnachten bedeutete für mich wunderbare Stunden mit Savia, meiner Mutter und meiner Tante.

Meine Tante war einer der herzlichsten Menschen, die ich kannte. Es gab niemanden, der sie nicht mochte, und genauso war es umgedreht. Sie glaubte an das Gute im Menschen. Sie selbst hatte keine Kinder und ihr Mann war vor einigen Monaten gestorben. Herzversagen … Von einem Tag auf den anderen war er weg und trotzdem hatte sie immer ein Lächeln auf ihren Lippen. Von ihr bekamen wir stets gestrickte Pullover oder Schals, aber die coole Version davon. Die, in der Rentiere auf einem Snowboard einen Hang hinunter bretterten oder der Weihnachtsmann auf einer Waage stand und erschrocken die Augen aufriss.

Auch ich hatte eingekauft. Meiner Mutter würde ich eine Kochschürze mit einem witzigen Spruch und dazu ein neues Kochbuch schenken. Sie liebte es, zu backen und zu kochen. Selbst wenn die gesamte Wohnung voller Mehl und ihr Gesicht über und über mit Schokolade bedeckt waren, war sie glücklich.

Meiner Schwester hatte ich einen neuen iPod gekauft, da sich ihr alter bereits nach zwanzig Minuten abstellte, und für meine Tante gab es Stricknadeln.

Es waren schlichte Geschenke und dennoch würden sie ihnen zeigen, dass ich an sie dachte.

Leo war nicht hier, er verreiste immer an Weihnachten mit seinen Eltern. Sie hatten Verwandte in Kanada und Heiligabend war nun einmal das Fest der Familie.

Nachdenklich betrachtete ich den Schnee auf meinen Schuhen. Günstige Converse, nicht gerade wasserdicht … Was Tris wohl gerade machte?

Das war das erste Weihnachten, an dem ich keine Weihnachtsgrüße von ihr erhalten hatte. Dafür hatten mir Leonie und Rebecca geschrieben. Inzwischen waren wir drei gute Freundinnen geworden und das ließ mich Tris vergessen.

Der Wagen meiner Mutter fuhr vor. Schon jetzt sah ich ihren ärgerlichen Gesichtsausdruck. Der Weg zur Garage war mehr als verschneit und so stellte sie das Auto am Straßenrand ab. Zumindest dort wurde der Schnee vom Winterdienst beiseite geräumt.

»Jedes Jahr dasselbe«, sprach sie und schüttelte den Kopf. Ich lächelte, denn ich wusste ganz genau, dass sie Heiligabend genauso sehr liebte, wie ich es tat.

Meine Mutter war irgendwie mehr Freundin als Mutter und auch auf der Straße hielt uns keiner für eine Familie. Was vielleicht an ihrem gefärbten Haar lag. Sie brauchte hin und wieder eine Veränderung, obwohl sie schwarz mittlerweile recht lange trug.

»Liebes, du erkältest dich noch.« Ihre Nase war rot und eilig suchte sie nach einem Papiertaschentuch. »Ist Savia da?«, fragte sie, als sie sich neben mir an der Haustür zu schaffen machte. Ihre Hände zitterten aufgrund der Kälte.

»Nein, aber sie müsste gleich kommen.«

Endlich hatte sie die Tür aufgeschlossen, hielt aber einen Moment inne, bevor sie sich zu mir auf die Bank setzte. »Habe ich dir die Geschichte deiner Geburt schon erzählt?« Sie rieb sich die Hände. Ihre hohen Stiefel versanken im Schnee.

»Nein«, sprach ich, obwohl sie diese bereits Hunderte Male erzählt hatte. Wir wussten das und dennoch genoss ich die Zeit mit ihr, die mir ihre Erzählung schenkte.

»Es war kurz vor Weihnachten und untypischerweise gab es noch keinen Schnee. Es war längst dunkel draußen und Savia schlief seelenruhig in ihrem Bett. Mein Bauch glich einer riesigen Bowlingkugel und ich wollte mir gerade die Wiederholung von Drei Haselnüsse für Aschenbrödel ansehen, da setzten die Wehen ein. Es war entsetzlich und ich hatte kaum genug Zeit, eure Tante anzurufen. Als sie nach gefühlten Stunden endlich kam, passierte es. Wir saßen mit deiner Schwester im Auto und ich versuchte, meine Atemübungen zu machen, während der erste Schnee auf das Autofenster rieselte. Es war wie ein Wunder, immerhin hatte es bis dahin kein einziges Mal geschneit, und darum dein Name.« Sie lächelte.

»Erzähl mir doch noch einmal, was Savias erste Worte waren, als sie mich gesehen hatte«, sprach ich eilig.

»Nun gut. Lass mich nachdenken …« Meine Mutter lachte und zog mich zu sich.

Auch jetzt begann es zu schneien und ganz langsam verschwand die rote Nase unseres Rudolfs auf dem Balkon unter der herabfallenden weißen Pracht. Wir saßen stundenlang draußen, bis Savia endlich kam. Inzwischen waren meine Finger beinahe eingefroren. Meine Mutter und meine Schwester trugen wieder einmal ein Wortgefecht aus, aber heute war es mir egal.

Als ich aus meinen Erinnerungen auftauchte, stand ich vor diesem Haus. Die Bank war verschwunden und es lag kein Schnee, dennoch war es unverkennbar. Nur ein kleines Gartentor hielt mich und Naoma noch auf.

»Das ist dein Zuhause, nicht wahr?«, flüsterte sie und blickte zu dem Haus.

Ich nickte. »Komm, ich will dir mein Zimmer zeigen.«

Lektion 37

Erinnerungen an früher lassen uns nachdenken und begreifen, dass vieles nur einen Augenblick andauert.

»Wir können doch nicht einbrechen!«, zischte Naoma. »Was ist, wenn sie bereits zurück ist?«, fügte sie hinzu.

»Das Auto steht nicht da«, meinte ich. In meinen Rückblenden kam ständig dieser Wagen vor. Ich bezweifelte, dass meine Mutter – oder wer auch immer sie war – mit den Einkäufen zu Fuß nach Hause lief.

»Mai, wirklich?« Naoma seufzte.

»Du wartest hier. Ich will nur kurz in mein Zimmer.« Ich nickte ihr zu und öffnete das niedrige Gartentor. Das Haus wirkte irgendwie kleiner als in meiner Erinnerung – und ein bisschen heruntergekommener. Die Farbe war nicht mehr so kräftig und der Rasen schien seit einigen Monaten nicht gemäht worden zu sein.

»Ich stelle mich direkt vor den Eingang und warte, aber wenn etwas ist, kann ich nichts versprechen«, rief mir Naoma hinterher.

Ich sah mich noch einmal um. Keine Menschenseele war zu sehen. Naoma kam mir deutlich nervös vor. Sie hatte die Arme verschränkt und blickte unruhig hin und her.

Neben der Haustür befand sich ein weißes Klingelschild.

Für einen Moment suchte ich nach weiteren Erinnerungen. Ich kannte keinen Danny, womöglich hatte meine Mutter einen neuen Freund kennengelernt und die beiden waren zusammengezogen. Nur musste das alles recht schnell passiert sein. So lange konnte ich noch nicht tot sein, oder?

»Was ist denn nun?«, flüsterte Naoma.

»Ich bin gleich wieder da«, wisperte ich zurück. Die Tür war – was auch sonst? – abgeschlossen, aber egal. Ich hatte einen anderen Plan im Kopf. Hinter dem Haus gab es ein schmales Fenster, das in den Keller führte. Es war meistens geöffnet, da es andernfalls ziemlich stickig dort unten war. Wenigstens befand sich diese Erinnerung in meinem Kopf.

Ohne mich umzudrehen, schlich ich zu dem Fenster und natürlich war es offen. All diese kleinen Dinge – wie das zufällige Treffen mit Naoma, das Auftauchen von Raven, das Entdecken von Tris auf dem Schulball oder der Zwischenfall im Einkaufscenter – verwunderten mich kein bisschen. Immerhin ging es darum, dass ich alles wieder in Ordnung brachte, mich erinnerte und diese Briefe überbrachte, damit ich mit dem Leben abschließen konnte.

Wie bei dem Schulball zwängte ich mich durch die Öffnung und landete auf steinigem Boden. Es war dunkel, da kein Licht brannte und die Sonnenstrahlen nur schwach durch das Fenster schienen. Im Keller war es recht eng. In einer Ecke stand ein Regal mit Weinflaschen, auf denen sich bereits eine dünne Staubschicht niedergelassen hatte. Daneben gab es alte Eichenholzschränke, offene Säcke mit Kleidern und Spielsachen. Sogar ein altes Fahrrad fand seinen Platz hier unten.

Doch all das interessierte mich wenig. Ich öffnete die Tür und schlich eine Holztreppe empor. Ganz vorsichtig berührte ich das Holz. Alles fühlte sich so vertraut und irgendwie unwirklich an.

Oben kam ich in einen Flur, der mich in ein Wohnzimmer führte. Licht durchflutete den Raum. Überall waren Fenster, eine helle Couch bildete einen angenehmen Kontrast zu dem dunklen Parkettboden. Einige Pflanzen standen in der Nähe eines Fensters und es gab einen breiten Tisch mit Stühlen. Im Inneren wirkte das Haus noch kleiner als von außen. Ich schlenderte weiter und entdecke eine Küche, in der geradeso zwei Leute Platz hatten. Mehr Räume gab es hier nicht. Weiter ging es bei einer Wendeltreppe. Durch die gelangte ich in den zweiten Stock. Hier oben befanden sich die Schlafzimmer und ein winziges Bad. Zumindest war es das, was meine Erinnerung mir zeigte.

Vorsichtig öffnete ich ein Zimmer nach dem anderen. Im ersten stand ein Doppelbett und es war spärlich eingerichtet. Das nächste hatte meiner Schwester gehört, aber das war kaum noch zu erkennen. Die einzigen Hinweise darauf waren der riesige Kleiderschrank und der Spiegel, auf welchem sich mit Lippenstift geschriebene Nachrichten befanden. Der Rest glich eher einem Arbeitszimmer. Ein sperriger Schreibtisch mit Stuhl und Computer nahm so viel Platz ein, dass das Bett an die Wand geschoben worden war. Bücher, Dokumente und Mäppchen lagen kreuz und quer darüber verteilt.

Nun folgte der letzte Raum. Klebereste hatten ihre Spuren an der Holztür hinterlassen, als hätte dort ein Bild oder Poster gehangen. Das Licht von dem Fenster hinter mir fiel auf die Tür wie eine Art kosmisches Zeichen. Ich umfasste die goldfarbene Türklinke mit beiden Händen und drücke sie hinunter. Doch nichts passierte. Die Tür bewegte sich keinen Millimeter. Für einen Augenblick kniff ich die Augen zusammen. *Das durfte nicht wahr sein! Hatten sie die etwa abgesperrt?*

Ich drückte noch einmal und warf mich mit meinem ganzen Gewicht dagegen. Es knarzte, als sie sich endlich öffnete. Allem Anschein nach hatte schon lange niemand mehr einen Fuß hier reingesetzt. Der Raum war kleiner als das Zimmer meiner Schwester.

Ich zog die Tür hinter mir zu und sah mich zunächst einfach nur um. Meine Handflächen kribbelten und mein Herz zog sich zusammen. Ich wollte nichts anfassen oder verändern.

Das Bett war gemacht und stand direkt neben dem Fenster. Darüber war ein kleines Regal für Bücher angebracht worden. Allerdings gab es davon nur noch wenige. Eine Staubschicht bedeckte das Regal und die Buchumschläge. Es roch seltsam, irgendwie alt und stickig, als ob selten jemand das Zimmer betrat. Ein zugeklappter Laptop lag auf dem Schreibtisch, der den Platz gegenüber dem Bett einnahm. Ein Kaktus stand neben dem elektronischen Gerät. Winzige Stacheln bedeckten die Oberfläche und ich konnte der Versuchung nicht widerstehen, die Pflanze mit dem linken Zeigefinger zu berühren. Kein Schmerz, kein Stich, kein Blut, rein gar nichts …

Mein Kleiderschrank war offen, aber leer. Eine kleine Lichterkette hing oberhalb des Schreibtisches, allerdings suchte ich eine Steckdose in der Nähe vergeblich.

Ich nahm mir einen Moment Zeit, um mich zu sammeln. Eine Wand in meinem Zimmer war grün. *Grün, wie die Hoffnung …*

Viel gab es nicht mehr, was mir gehört hatte. Ein vereinzelter Bilderrahmen mit vier Fotografien lehnte an der Wand. Eine davon war eine Aufnahme von mir und Savia. Wir streckten die Zungen heraus, trugen beide dasselbe Outfit und hatten dieselben langen Haare. Daneben war ein Foto von mir und ein paar Mädchen aus meiner Klasse. Wir alle hatten Eis in den Händen und lächelten in die Kamera. Das nächste Bild zeigte mich und meine Mutter. Auf dem letzten Bild waren Leo, Savia und ich zu sehen. Wir waren kleiner, standen neben dem Baum in unserem Garten und versuchten uns hinter unseren Handflächen zu verstecken.

Ich lächelte und fuhr gedankenverloren über den Bilderrahmen. Dies hier war mein Zimmer gewesen und doch nun war es das nicht mehr. Bis auf diese Bilder waren alle meine Sachen verschwunden. Keine Bücher, keine Kleider oder Schmuck, kein Parfum oder Schulsachen. Meine Mutter hatte alles entsorgt.

Sie war schon immer stark gewesen, hatte niemals geweint, stets ein Lächeln auf den Lippen gehabt und von morgens bis abends gearbeitet. Selbst wenn sie spät nach Hause kam, hatte sie für uns gekocht und mit mir und Savia unsere Lieblingsshow im Fernsehen angesehen.

Sie war aber auch streng, wollte immer unsere Freunde kennenlernen und ließ Savia niemals mit zu kurzen Röcken aus dem Haus. Sie wollte, dass wir einen guten Abschluss machten, damit wir später irgendwann einmal die Möglichkeit bekämen, Geld zu verdienen. Erst im Nachhinein fiel mir auf, dass sie nur das Beste für uns gewollt hatte. Sie hatte sich gewünscht, dass wir eine Zukunft haben würden und nicht wie sie jeden Dollar zweimal umdrehen müssten.

Ihr erster Mann – unser Vater – hatte uns sehr früh verlassen. Er hatte noch keine Familie gewollt, sondern lieber in der Welt umherreisen. Meine Mutter hatte ihre Stelle verloren und wir hatten umziehen müssen. Durch den Umzug hatte sie viele Freunde verloren und das Verhältnis zu unseren anderen Verwandten war auch nicht einfach gewesen. Meine Mutter war gerade einmal achtzehn gewesen, als sie schwanger geworden war, wodurch sie keinen Abschluss hatte.

Von unten erklang das Öffnen der Haustür. Jetzt wurde ich nervös. Eilig suchte ich nach dem Brief in der Tasche. *Lunella*, stand auf dem Kuvert. Das war ihr voller Name, sie wurde allerdings von jedem Luna genannt. Wie der Mond, der über uns wachte.

»Aber wenn ich es Ihnen doch sage, diesen Rabatt kriegen sie nur heute!«, rief eine aufgeregte Naoma.

»Ich brauche nichts, danke«, versuchte meine Mutter sie abzuwimmeln.

Ich legte den Brief neben den Bilderrahmen, obwohl ich mir sicher war, dass er niemals gelesen werden würde. Meine Mutter würde meine Schrift erkennen und ihn zwischen alten Dokumenten ablegen. Sie würde ihn nicht lesen, nicht einmal an ihrem Sterbebett. Doch darum ging es nicht. Es ging einzig und allein darum, dass sie wusste, dass ich an sie gedacht und einen Brief für sie geschrieben hatte. Vielleicht half ihr dieser Gedanke dabei, abzuschließen.

Ich vernahm Schritte und es schien, als würde sie die Treppe hochkommen. Die Treppenstufen knarzten. Nun wurde ich nervös. Was würde passieren, wenn sie mich entdeckte? Starr vor Schreck lauschte ich den Geräuschen ihrer Schritte. Was sollte ich tun?

»Verzeihen Sie!«, rief Naoma. Ich hörte, wie meine Mutter seufzte und wieder nach unten lief. Die Anspannung ließ ein wenig nach und ich sah mich im Zimmer um.

Viele Fluchtmöglichkeiten gab es nicht, nur das Fenster.

Die Haustür wurde zugeknallt und meine Hände zitterten immer stärker. Trotzdem schaffte ich es irgendwie, das Fenster zu öffnen und hinauszusteigen.

Zu meinem Glück stand der Baum direkt neben dem Fenster. Ich hörte, wie meine Mutter näher kam und lehnte mich nach vorne, ergriff einen dicken Ast und hangelte mich daran zu dem Baum. Mit meinem Fuß gab ich dem Fenster einen Tritt, sodass es wenigstens zu war, wenn sie das Zimmer betreten würde.

Ich wollte gerade erleichtert aufatmen, als ich eine Gestalt unter mir entdeckte.

»Auf die Erklärung bin ich ja mal gespannt.«

Lektion 38

Irgendwann merkten wir auf einmal schmerzlich, dass wir nicht mehr dieselben waren. Wir hatten immer angenommen, dass nur die anderen sich veränderten, dabei hatten wir das auch getan.

»Kannst du runterkommen?« Leo stand direkt neben dem Baum und blickte hoch.

Peinlich berührt kletterte ich nach unten. Die Äste piksten mir in die Seite und die Rinde riss meine Hände auf, jedoch spürte ich wie immer keinen Schmerz. Das klang vielleicht komisch, aber ich vermisste es. Diesen Schmerz, der uns warnte, dass unserem Körper etwas fehlte oder zugefügt wurde.

»Eh, hey«, sprach ich und klopfte die Hände an meinen Knien ab. Mit einem Blick zur Seite vergewisserte ich mich, ob Naoma noch in der Nähe war. Ich entdeckte sie nirgends. Erst jetzt fiel mir auf, dass ich auf der anderen Seite des Zaunes stand. Der Baum befand sich zwar im Garten meiner Mutter, aber einige Äste hingen bis ins Nachbargrundstück.

»Was tust du hier?« Er hatte die Arme vor der Brust verschränkt und sah mich fragend an.

»Ich klettere gerne auf Bäume«, murmelte ich. Ich konnte ihm dabei nicht in die Augen sehen.

»Du bist aus dem Fenster des Hauses gestiegen. Ich wohne hier. Ich hab's gesehen.«

Ich hatte ganz vergessen, dass er mein Nachbar gewesen war.

»Ich kann dir das nicht erklären«, seufzte ich.

»Du *kannst* nicht?« Er wirkte aufgebracht und jeder Satz schien die Situation zu verschlimmern. Seine Stimme wurde immer lauter.

»Nein.« Ich sah ihm in die Augen und merkte auf einmal schmerzlich, dass wir nicht mehr dieselben waren wie früher. Ich hatte immer angenommen, dass sich nur die Menschen um mich herum verändert hatten, dabei hatte ich das ebenfalls getan.

»Können wir reden? Es wird bald dunkel und ich muss mit dir sprechen«, fragte ich ihn.

Leo sah kurz zu seinem Haus und wieder zu mir. Seine Augen wirkten müde und irgendwie traurig. Er nickte nur.

Wir liefen eine Zeit lang schweigend nebeneinander her, bis wir zu der Wiese kamen, von der man diesen tollen Ausblick hatte. Es war der Ort, den ich auch schon mit Naoma besucht hatte. Von hier aus sah man die ganze Stadt, konnte die Menschen und ihren hektischen Alltag beobachten.

Inzwischen war es dunkel geworden und eisiger Wind wirbelte durch meine Haare. Wir setzten uns ins Gras und irgendwann wurde die Stille zu bedrückend.

»Also, was ist los? Warum warst du so wütend?«, fragte ich deshalb.

»Da gab es dieses Mädchen …« Er lächelte gequält.

»Du kannst es mir erzählen.« Ich blickte zu den Sternen, während ich über die Bedeutung meiner Worte nachdachte. Ich wusste, er würde von mir erzählen.

»Sie war wie du, zumindest ein wenig.« Seine Hände wanderten zu seinen Hosentaschen. Mitten in der Bewegung hielt er inne. »Mist«, fluchte er.

»Was?«, überrascht sah ich auf.

»Ich wollte mit dem Rauchen aufhören, darum habe ich die Zigaretten zu Hause gelassen.« Er winkte ab und räusperte sich. »Sie war eine gute Freundin von mir, meine Nachbarin. Ich bin mit ihr und ihrer Schwester sozusagen aufgewachsen.«

Ich nickte, auch wenn er es wohl bei der Dunkelheit kaum sah. Der Mond war beinahe winzig und warf nur schwaches Licht auf die Erde und auf das Gras zu unseren Füßen.

»Dann haben wir uns geküsst und irgendwie ging es immer weiter. Wir hatten etwas zusammen, sprachen aber nie darüber.«

»Das ist doch toll«, antwortete ich ihm mit einem Kloß im Hals. Es war eigenartig, über mich zu sprechen und dabei zu wissen, dass es dieses Ich gar nicht mehr gab.

»Nein, nicht wirklich. Am Ende waren wir keine richtigen Freunde mehr. Ich habe sie ständig verletzt und darum habe ich immer mehr Abstand gesucht.«

Keine Freunde mehr …

»Ich habe ihre Nachrichten erst einige Wochen später beantwortet, bin ihr aus dem Weg gegangen.«

Ich schluckte. Daran konnte ich mich nicht erinnern, aber es nun zu hören, machte die ganze Sache nicht besser.

»Ich wollte sie niemals verletzen, allerdings wusste ich nie, was sie für mich war. Sie war mehr als eine gute Freundin, aber für eine Beziehung hat es nicht gereicht. Vielleicht hätten wir reden sollen«, flüsterte er. Leo ballte seine Hände zu Fäusten und blickte in den Himmel.

»Vielleicht, ja …« Ich hielt inne. »Und wo ist sie jetzt?«, fragte ich zögerlich. Da war er, der Moment, in dem ich alle Antworten bekommen würde. Gemischte Gefühle kamen in mir auf. Wollte ich die Wahrheit wissen? Ich war nervös, spielte unruhig mit den Grashalmen zu meinen Füßen.

»Nicht mehr hier. Es ist schon etwas länger her und doch fühlt es sich an, als wäre sie noch immer da.« Gedankenversunken griff er ebenfalls nach einigen Halmen und riss sie aus.

»Länger her?« Erstaunt sah ich ihn an.

»Ein Jahr … Sie starb vor einem Jahr. Die Leute haben ihretwegen Lichterketten in der ganzen Stadt aufgehangen. Ihre Schwester wollte das so. Sie waren überall, in dunklem Blau, hellem Grün, farbenfrohen Mustern, und irgendwie waren sie von einer traurigen Wahrheit umgeben.«

»Wirklich?« Auf einmal war ich wieder hellwach.

»Sie haben sogar Briefe verteilt.« Er drehte den Kopf in meine Richtung.

»Briefe?« Ich klang leicht heiser. Meine Stimme versagte.

»Kleine Zettel, auf denen die Gedanken der Leute standen. Gedanken über dieses Mädchen, über die Welt, Gedanken und Worte, Dinge, die die Menschen beschäftigten.«

»Wo wurde sie beerdigt?«, fragte ich zögerlich. Ich dachte über meine Frage nach. Sobald ich wusste, wo ich beigesetzt worden war, würde ich meine Grabstätte besuchen. Wie in einem Film würde ich auf die Buchstaben auf meinem Grabstein starren und beobachten, wer mich besuchen kommen würde.

»Sie hat kein Grab. Ihre Leiche wurde verbrannt und ihre Familie hatte die Asche im Park verstreut. Eigentlich ist das verboten, aber wie immer hat sich ihre Schwester durchgesetzt. Viele Menschen sind erschienen, um Lebewohl zu sagen.« Er schüttelte den Kopf.

»Beim Park …«, wiederholte ich langsam. Ich fühlte eine seltsame Leere in mir drin. Da flackerte wieder dieser kurze Schmerz in meiner Herzgegend auf. All diese Menschen waren meinetwegen erschienen, waren dort gewesen, um mir Lebewohl zu sagen.

»Ja, weil sie ständig dort war. Ich meine, wir alle waren sehr oft bei der alten Brücke.«

Der Tod hatte viele verschiedene Gesichter. Auf eine Art und Weise war es wunderbar, dass ich keinen Schmerz spürte, dass ich barfuß durch die Gegend laufen konnte und meine Haare nicht mehr waschen musste, dass ich dieselben Kleider tagelang tragen konnte und es keinen störte. Auf der anderen Seite vermisste ich meinen Herzschlag, die gleichmäßigen Atemzüge, meine Erinnerungen. Ich vermisste es, ein Teil dieser Welt zu sein. Auch wenn ich nie ein großer

Teil von all dem gewesen war, so konnte ich Entscheidungen treffen, mich für etwas einsetzen, lachen, mich freuen und sogar weinen.

Ich fühlte, dass Leo unglücklich war, dass er immer und immer wieder darüber nachdachte.

»Lass sie gehen.« Meine Stimme hatte einen seltsamen Tonfall. Beinahe, als ob ich mit der Stimme von früher mit ihm sprach.

»Ich fühle mich verantwortlich für ihren Tod.« Er atmete tief ein und fuhr sich verdächtig über die Augen. »Ich wollte das alles nicht«, sprach er mit gepresster Stimme.

»Wir Menschen fällen unsere eigenen Entscheidungen. Das ist nicht die Schuld von dir oder von irgendwem. Das Leben währt nicht ewig, irgendwann holt der Tod uns alle ein – früher oder später. Darum solltest auch du damit aufhören, dir Gedanken darüber zu machen«, meinte ich bestimmt.

»Vielleicht hast du recht.« Er nickte.

Und auf einmal fühlte ich mich bereit. Bereit dazu, ihm den Brief zu geben.

»Ich muss los«, sprach ich und stand auf.

Verwirrt sah er mich an. »Jetzt schon?«

»Ich bin müde«, erwiderte ich und das war ich wirklich. Müde von all dem hier. Ich wollte endlich schlafen.

»Sehen wir uns wieder? Wir könnten zusammen ins Kino gehen, zelten oder einen Filmabend machen.« Leo sah mich auffordernd an.

Da waren sie. Die Sätze, die ich mir immer erhofft hatte. Ich hatte mir stets gewünscht, dass er mich nach einem richtigen Date fragen würde. Doch in meinem Inneren wurde mir schmerzlich bewusst, dass es nun zu spät war.

»Wir werden sehen«, antwortete ich, da ich zu feige für ein Nein war.

Ich umarmte ihn zum Abschied und eilte zurück zur Brücke.

Raven wartete bereits neben dem Lagerfeuer.

»Du siehst irgendwie anders aus«, bemerkte er. Er hatte sich mit dem Rücken an die Mauer gelehnt und eine Decke um seine Beine gelegt.

»Ich überbringe heute meinen nächsten Brief.« Ich nickte stolz und setzte mich zu ihm.

»Leo?«, fragte er misstrauisch.

Wieder nickte ich.

»Es ist gut, wenn du das tust.« Er sah mich an. Seine Augen waren eigenartig dunkel, beinahe unmenschlich, wobei er ja auch alles andere als menschlich war.

»Warum?«

»Nicht nur du schließt damit ab, die Empfänger tun das ebenfalls. Sie fühlen sich, als wäre da noch etwas, als würde ihnen was fehlen. Sobald du ihnen die Briefe gibst, können sie abschließen.«

Ich dachte für einen Moment an meine Schwester. Ihre Augen hatten so traurig gewirkt. Ich wünschte mir für sie, dass sie wieder lachen konnte, dass sie mich gehen lassen und glücklich sein würde. Dass sie weiterhin Bilder malte, eine Hochschule besuchte und irgendwann berühmt sein würde.

Ich erinnerte mich an Tris und an ihren schmerzlichen Gesichtsausdruck, als sie mit mir auf der Toilette über mich gesprochen hatte. Ich wünschte ihr, dass sie sich selbst fand und nur noch das tat, was sie wirklich wollte, dass sie nicht ständig alles hinterfragen würde und die Person sein konnte, die sie war.

Meine Mutter erschien ebenfalls vor meinem inneren Auge. Ich wusste, sie würde diesen Brief niemals lesen, den ich ihr gegeben hatte, und dennoch wünschte ich ihr, dass sie aufhörte, darüber nachzudenken, was sie alles falsch gemacht hatte. Sie hatte keinen Fehler gemacht, nicht bei mir und nicht bei Savia.

Und dann war da noch Leo. Ich wünschte, er würde aufhören, sich die Schuld für all das zu geben. Er sollte mich loslassen und endlich die Richtige finden, eine Familie gründen, in seiner Autowerkstatt arbeiten und einen kleinen Garten besitzen, in dem er an Sommerabenden mit seiner Familie grillen konnte. Er würde in die Sterne sehen, wissen, dass ich da oben bin und glücklich sein.

Der letzte Brief war immer noch ein Rätsel, aber auch das würde ich bald lösen.

»Ich muss Naoma finden und zusammen mit ihr den Brief überbringen.« Entschlossen stand ich auf und eilte los. Als ich mich noch einmal kurz umdrehte, sah Raven mir völlig verwirrt nach.

»Ich werde dieses Mädchen nie verstehen, aber wenigstens kann ich nun für einen Moment die Stille genießen.« Kopfschüttelnd schloss er seine Augen.

Lektion 39

Wir gehen nicht einfach so, wir hinterlassen Spuren.

Naoma zu finden war nicht schwer. Sie befand sich zu Hause, in ihrem Zimmer. Es war das einzige Fenster, bei dem noch Licht brannte. Wahrscheinlich las sie ein Buch. Was sonst würde sie um diese Uhrzeit machen? Da ich ihre Mutter nicht wecken wollte, bediente ich mich einer anderen Methode.

Ich sammelte einige Kieselsteine ein und schleuderte sie gegen das Fenster. Die ersten gingen daneben, bis ich schließlich traf. Leider erschien sie nicht am Fenster, also warf ich noch einen und noch einen, bis eine ziemlich verwirrte Naoma das Fenster öffnete. Sie konnte sich gerade noch wegdrehen, ehe mein letzter Stein sie getroffen hätte.

»Sag mal, spinnst du?«, rief sie so leise wie möglich hinunter.

Ich sagte nichts, ich kramte nur den Brief hervor und hielt ihn hoch.

Ich könnte schwören, dass ich ihr Seufzen bis hierher hörte.

»Gib mir ein paar Minuten, ich komme gleich«, sprach sie und schloss das Fenster.

Ich setzte mich derweil auf den Boden und wartete. Irgendwie war ich aufgeregt, immerhin war seit dem ersten und diesem Brief einige Zeit vergangen. Mittlerweile hatte ich die meisten meiner Erinnerungen wieder, wusste aber kaum etwas über mich selbst. Ich hatte eine Zeit im Park gelebt, Freunde gefunden, war von meiner früheren Liebe auf ein Eis eingeladen worden, unfreiwillig baden gegangen, in eine Schule und mein altes Zuhause eingebrochen, hatte die Briefe ihren Empfängern gegeben und irgendwie wusste ich endlich, was wirklich wichtig war.

Das Wichtigste im Leben war man selbst. Ich hatte viel aufgegeben, immer alles hingenommen für andere. Hatte das irgendjemand für mich getan? Immerhin war ich inzwischen tot, wie musste sich das für die betreffende Person angefühlt haben?

Die Haustür öffnete sich und Naoma erschien. Sie trug Jogginghosen, eine dicke Jacke und hatte ihre Haare hochgebunden. »Leo?«, war das Erste, das die Stille durchbrach.

Ich nickte.

»Bist du sicher, dass er nicht schläft?«, hatte sie nachgehakt, ehe wir losliefen.

»Das ist nicht so wichtig. Ich werde den Brief einfach vor die Tür legen«, antwortete ich.

»Du wirst was?« Sie blieb stehen und riss überrascht die Augen auf.

»Ich habe mich vorhin quasi von ihm verabschiedet. Ich kann ihm nicht in die Augen sehen, wenn ich ihm diesen Brief überbringe«, murmelte ich.

Naoma nickte und folgte mir durch die Dunkelheit. »Das Leben ist grausam«, sprach sie plötzlich.

»Eigentlich ist es ganz fair.«

»Findest du?«

»Wir empfinden nur Unschönes als grausam. Dabei ist es ebenso ein Teil von all dem hier wie das Gute auch.« Ich deutete um uns. Was ich mit ›allem‹ meinte? Die gesamte Welt, jeden Ort, jedes Lebewesen, jeden Platz. »Menschen sterben, damit andere leben können. Manche verlieren alles, damit sie endlich schätzen, was sie hatten. Das, was wir am meisten lieben, wird eines Tages vergehen. Die Welt steht im ständigen Gleichgewicht und, ob wir es einsehen oder nicht, am Ende bestimmen wir selbst, wie wir leben wollen.«

»Und was sagst du zu Tierversuchen, Folterungen und dazu, dass einige Menschen im Geld schwimmen, während andere hungern?« In ihrer Stimme lag keine Wut, sondern Neugier, und irgendwie konnte ich sie verstehen. Doch niemals könnte ich ihr erklären, warum die Dinge so waren, wie sie waren, denn das hier waren nur meine Gedanken.

»Das nennt sich Ungerechtigkeit und auch sie gehört zu dieser Welt. Ich weiß nicht, was nach all dem hier kommt, aber ich habe immer noch die Hoffnung, dass Menschen, die solche Dinge tun, eines Tages als ihre Opfer wiederauferstehen und dieselben Qualen durchleben müssen.«

Es war so, wie Raven gesagt hatte. Alles war eine Scheibe und sie musste im Gleichgewicht bleiben.

»Was meintest du mit ›Am Ende bestimmen wir selbst, wie wir leben wollen.‹?«, fragte sie.

Inzwischen hatten wir mehr als die Hälfte des Weges hinter uns gebracht und in der Ferne sah ich mein Zuhause und das von Leo.

»Positiven Menschen fällt das Leben leichter. Sie kümmern sich kaum um die schlechten Dinge, sie machen das Beste aus allem. Wohingegen Menschen, die ständig an sich zweifeln und alles hinterfragen, nie mehr als das bekommen, was sie sich zugestehen.«

»Warum klingt bei dir alles so logisch?« Naoma lachte auf und schüttelte den Kopf. Sie schenkte mir ein Lächeln und ich fühlte in diesem Moment, dass sie der einzige Mensch in meinem gesamten toten Leben war, der mich wirklich verstand.

»Ich hatte viel Zeit zum Nachdenken.« Ich zwinkerte ihr zu.

Leos Haus kam immer näher. Licht aus dem Inneren erhellte die Umgebung und bei den Fenstern war niemand zu sehen.

»Und jetzt?«, fragte sie.

»Jetzt bringe ich ihm den Brief. Warte hier.« Geduckt schlich ich über den schmalen Weg zum Haus. Ich öffnete das Gartentor und lief weiter. Das Haus war unserem recht ähnlich. Der größte Unterschied war eine große Veranda. Sie war nachträglich angebaut worden und wirkte auch so.

Ich hatte die Haustür beinahe erreicht, da ging das Licht auf der Veranda an. Es war selbstauslösend und könnte mich verraten.

Eilig warf ich den Brief vor die Tür, trat einen Schritt zur Seite und rannte zu Naoma. Diese lag im hohen Gras und winkte mich zu sich. Mit rasendem Herzen legte ich mich neben sie und blickte zum Haus.

»Er ist ziemlich hübsch«, flüsterte Naoma, als sie sich noch tiefer in das Gras duckte.

»Das hatten wir schon. Du kannst gerne mit ihm ausgehen«, gab ich als Antwort. Doch Naoma ging nicht darauf ein. Sie hielt einfach meine kalte, blasse Hand und sah zu den Sternen, während mein Blick weiterhin auf der Veranda lag. *Was er wohl gedacht hat, nachdem ich gestorben war?*

Ich war froh darüber, dass ich nur diese Briefe überbringen musste und die Leute mich nicht erkannten.

Die Lampe vor dem Haus erlosch und es war, als wäre ein Hebel umgelegt worden. Auf einmal wirkte alles klarer. Leos und meine Geschichte war hier und jetzt zu Ende. In dem Moment, in dem wir aufstanden und Naoma langsam zu dem Weg zurücklief, den wir gekommen waren, wagte ich einen letzten Blick zur Veranda.

Das Licht war wieder angegangen und dort stand er – der Junge mit dem hellen Haar und den wunderschönen Augen. Er blickte in die Dunkelheit und es schien, als würde er mich sehen. Er hob kurz die Hand und ich tat es ihm gleich. Vielleicht stimmte es, und man musste keine übersinnlichen Kräfte besitzen, um die Personen zu erkennen, die man liebte.

Ich senkte den Blick und drehte mich um.

Und als das Licht auf der Veranda ein zweites Mal ausging, hatte ich endgültig alles hinter mir gelassen, was mich an Leo band. Das hier war seine Geschichte, ich war nur ein Kapitel gewesen. Hoffentlich eines, das für immer in seinem Herzen bleiben würde.

Wir gehen nicht einfach so, wir hinterlassen Spuren.

Brief 4

Lieber Leo,

für dich habe ich das Lied Happier *von* Ed Sheeran.

Ich schreibe dir, da ich weiß, dass du das niemals lesen wirst. Das Leben kann Träume zerstören, aber auch erschaffen. Ich habe immer viel gelesen, zumindest früher. Viele Bücher, egal, ob mit einem alten oder einem neuen Einband, aber das weißt du ja. Die Geschichten waren alle so verschieden, die Handlungen, die Zeiten, die Charaktere. Doch etwas war immer gleich. In jeder Geschichte gab es diese typische Liebesbeziehung, die sich durch das ganze Buch zog. Der Held, der seine Prinzessin aus dem Turm befreien musste. Der Biologieprofessor, der in ein neues Land zog und seiner alten Liebe begegnete. Das Mädchen, das Krebs hatte und sich in einen Zimmernachbarn im Krankenhaus verliebte.

Jede Geschichte hatte ihr eigenes Happy End. Die Liebenden fanden zusammen, egal, was war. Ich habe mir immer vorgestellt, wie meine Geschichte enden wird, mit wem ich glücklich sein würde, habe mir mein persönliches Happy End ausgemalt. Aber das Leben bietet keine Happy Ends und keine Prinzen in silbernen Blechbüchsen. Das Leben bietet Momente, kleine Momente, Hürden, die wir bewältigen müssen.

Wenn du den Brief bis hierhin gelesen hast – Glückwunsch. Ich weiß, du liest nicht gerne.

Du warst immer meine Wunschvorstellung eines Happy Ends. Du warst all das, was ich immer wollte. Kennengelernt haben wir uns, weil wir Nachbarn waren. Du hast ständig bei uns geklingelt und wolltest mit mir spielen, stets dieses Lächeln auf den Lippen.

Irgendwann wurden wir älter, hatten dieselben Freunde und verbrachten die Wochenenden gemeinsam. Wir sind auf Fahrrädern die Straße hinuntergefahren, ohne zu bremsen, haben uns im hohen Gras versteckt und uns ausgedacht, wer wir in einigen Jahren sein würden.

Dann hast du mich geküsst. Das war am 27. Februar. Das weiß ich so genau, weil meine Schwester an dem Tag Geburtstag hatte und wir eine echt langweilige Familienfeier hatten. Du hast mich dann kurzerhand mit deinem Auto abgeholt und wir sind zusammen raus zum See gefahren.

Du hast mir immer gesagt, dass das Leben viel mehr bietet, als das, was wir sehen. Und ich habe dir geglaubt, aber das war ja nichts Neues. Du hast mich immer wieder geküsst, doch nur, wenn wir alleine waren. Hast mir ständig gesagt, ich soll das für mich behalten, die anderen würden Fragen stellen, wenn sie es wüssten, oder über uns reden.

Und ich dachte, das wäre gut so, wir zwei hätten eben einfach diese Sache. Die anderen brauchen es ja nicht zu wissen und irgendwann, wenn wir uns sicher wären, bekämen wir auch unser Happy End.

Ich habe dir vertraut und geglaubt, was du gesagt hast. Denn du warst immer da, mein Leben lang.

Es fühlte sich irgendwann wie eine Beziehung an, nur wusste niemand außer uns davon.

Falls du das wirklich irgendwann lesen solltest, wirst du dir genau jetzt durch die Haare fahren und dich darüber ärgern. Du wirst dich darüber ärgern, dass du das alles ganz anders gesehen hast als ich und dass ich dir das niemals erzählt habe.

Du hattest oft andere Frauen. Jedes Mal, wenn ich es mitbekommen habe, habe ich es mir schöngeredet. Ich habe versucht, mir weiszumachen, dass dir diese Frauen nichts bedeuten, dass das nur einmalig war und dass du mich liebst. Nur hast du das nie getan.

Aber es war nie deine Schuld. Ich hätte es dir sagen sollen, dann hättest du mir bestimmt die Wahrheit gesagt und auch, dass es einfach leicht mit mir war und du es darum immer wieder getan hast. Du wolltest mich nie verletzen, aber du wusstest ja schließlich auch nie, wie es in mir aussah.

Ich schreibe dir diesen Brief, um damit abschließen zu können. Ich höre auf, mir selbst das Herz zu brechen.

Wir haben beinahe jeden Tag zusammen verbracht. Du hast mir gezeigt, wie man Fahrrad fährt, wie man schwimmt. Hast mich mit dem Auto abgeholt, mir all deine Geheimnisse erzählt. Wir sind zusammen in die Ferien gefahren, haben uns an Weihnachten in der Schule versteckt.

Falls ich vor dir sterben sollte, hoffe ich, dass du diesen Brief liest, dass du weißt, was du mir bedeutet hast und dass ich niemals wütend auf dich sein könnte.

Aber vielleicht werden wir in einigen Jahren immer noch so etwas wie Freunde sein und jeder von uns ist glücklich. Egal, ob gemeinsam oder nicht. Du bist ein Teil meines Lebens und das wird sich niemals ändern.

In Liebe

das Mädchen mit den tausend Büchern

Lektion 40

Wir klatschen, applaudieren dem Jongleur, ohne uns darüber im Klaren zu sein, dass er hier mit unseren Herzen jongliert.

Stell dir für einen Moment meine Worte vor. Siehst du all die Menschen, die bunten Farben? Willkommen in diesem wunderbaren Theaterstück. Schauspieler, soweit das Auge reicht. Sie tragen Masken, um ihr wahres Gesicht zu verbergen, verwirren uns mit ihren Kartentricks, erzählen uns Geschichten aus fernen Ländern und lächeln uns zu, damit wir uns wohlfühlen. Die Kleider, die sie tragen, sind nur Täuschungen. Ihre Worte haben sie aus Filmen und Geschichten und dennoch blenden sie uns. Wir klatschen, applaudieren dem Jongleur, ohne uns darüber im Klaren zu sein, dass er hier mit unseren Herzen jongliert.

Der wilde Löwe, der durch die Manege stolziert, beunruhigt uns kein bisschen. Immerhin ist da ein Gitter, das uns schützt. Niemand denkt daran, dass die eigentlichen Raubtiere vor dem Käfig warten und uns mit ihren Kunststücken die Sinne rauben.

Da ist die Wahrsagerin, die uns sagt, was wir tief in uns bereits wissen, was wir uns wünschen und erhoffen. Sie liest es in unseren Augen.

Wir denken, wir seien sicher, klug und stark. Keiner kann uns etwas vormachen, niemand kennt uns so gut wie wir selbst. Nicht wahr?

Und dann fällt der Vorhang und der Clown verbeugt sich mit einem diebischen Lächeln. Wir verlassen das Zelt und kehren zurück in eine Welt aus Schutt und Asche, in Gedanken bei den bunten Bildern. Erst zu Hause merken wir, dass wir bestohlen wurden. Nicht Geld oder Schmuck wurde uns genommen – nein, viel schlimmer. Betrogen wurden wir um unser Denken. Wütend starren wir auf die Eintrittskarte mit dem Titel des Stückes.

Leben, so nennt sich die Vorstellung, und ob man will oder nicht, sie ist unvermeidlich.

*

»Du hast ihn geliebt, oder?«, fragte mich Naoma, während wir zusammen zur Brücke liefen.

»Wenn man jemanden liebt, ist es, als ob man eine Droge konsumiert. Anfangs ist da der Rausch, der uns in eine andere Welt entführt und uns an all die Farben und Gedanken fesselt. Man will mehr davon. Gibt alles, was man hat, um dieses Gefühl wieder zu erleben. Irgendwann ist man abhängig. Man hat sich daran gewöhnt und es würde schrecklich fehlen, wenn es nicht mehr da wäre«, sprach ich und drehte mich zu ihr um. Eigentlich wollte ich keinen Gedanken mehr an ihn verschwenden. Das hatte ich mein halbes Leben lang getan. Ich hatte mich ständig gefragt, was er von mir hielt, mir den Kopf über all die Worte zerbrochen, die aus seinem Mund gekommen waren.

»Das klingt ziemlich verbittert«, meinte Naoma. Sie hatte ihre nachdenkliche Miene aufgesetzt und die grünen Augen lagen beunruhigend auf mir. In Gedanken versuchte sie wahrscheinlich zu erahnen, warum mich die Liebe niemals glücklich gemacht hatte. Die Lösung lag auf der Hand. Ich hatte den falschen Typen geliebt und das mein ganzes Leben.

Ich hatte bereits ein paar Briefe verteilt und jedes Mal fühlte es sich an, als ob ein Teil von mir zurückkehren würde. Die vergangenen Tage waren wie eine Lektion an mich selbst gewesen.

Naoma hatte mich zu der Brücke begleitet und war dann gegangen. Immerhin war es schon spät und wir hatten beschlossen, morgen den Empfänger des letzten Briefes zu suchen.

»Das ging aber schnell«, meinte Raven. Er saß unten beim Wasser und betrachtete die Sterne.

»Ich sollte abschließen, das hast du selbst gesagt. Dafür braucht man nicht lange«, sprach ich und setzte mich direkt neben ihn hin. Das Gras war inzwischen ziemlich hoch und da ich beinahe darin versank, fühlte ich mich geborgen.

»Hast du gewusst, dass die Zeit eine Erfindung der Menschen ist?« Der schwache Schein des Mondes beleuchtete sein Gesicht. Er öffnete die Augen und sah mich an. Schwarz wie die Nacht und doch schien es, als ob man das Funkeln der Sterne darin sah.

»Wie meinst du das?« Ich blickte wieder gerade aus.

»Pflanzen und Tiere kennen keine Zeit, nur wir tun es. Für sie existieren bloß Tag und Nacht.« Er räusperte sich und richtete sich geschmeidig wie eine Katze auf.

»Was passiert, wenn diese Zeit vorbei ist?«

Er schwieg eine Weile, ehe er leise sprach: »Die Zeit endet niemals, sie läuft immer weiter. Wir sterben, vergessen alles und wachen irgendwann vielleicht in einem neuen Körper auf.«

»So, wie du es sagst, klingt es gar nicht so schlimm, zu sterben.« Ich lächelte.

»Es ist nur eine Theorie, die ich mir einrede. Genau weiß das niemand.«

»Kann ich dich etwas fragen?«, sprach ich und drehte mich wieder zu ihm.

Er nickte zögerlich. »Du wirst es so oder so tun«, fügte er hinzu.

»Warum schlägt dein Herz und meines nicht?«

Er gab mir darauf keine Antwort. Möglicherweise lag es daran, dass sein Dasein stärker mit dem Leben verbunden war als meines.

»Werde ich sterben, sobald ich den letzten Brief überbracht habe?«

Die Stille um uns wurde bedrückender. Während andere Menschen über Filme und Zeitschriften diskutierten, sprachen wir über den Tod, als ob es das Normalste der Welt wäre.

»Du bist schon gestorben. Den letzten Brief wirst du morgen überbringen.« Sein Blick wanderte zu der Kette an meinem Handgelenk, die ich von Naoma bekommen hatte.

»Die hast du noch nicht lange, oder?« Er hob fragend eine Augenbraue.

Ich blickte in das Schwarz seiner Augen und verneinte. Erst jetzt nahm ich das Rauschen des Baches wahr. Heute schien er leiser zu sein als sonst. Das Wasser war zurückgegangen und spitze Steine ragten hervor.

»Du musst ihr viel bedeuten.«

Ich wandte den Kopf in eine andere Richtung. Ich hatte niemals jemanden wie Naoma kennengelernt. Ein Mensch, der alles tat, um zu helfen, und dennoch keine Freunde hatte.

»Würdest du auf sie aufpassen?«, flüsterte ich.

»Aufpassen?« Ein wenig irritiert sah er mich von der Seite an.

»Ihr Leben ist noch lange und sie hat es verdient, dass es ein gutes Leben ist.« Eine Träne kullerte über meine Wange. Ich war nicht traurig, eher fröhlich. Vielleicht war es eine seltsame Art von Fröhlichkeit, aber auf alle Fälle war ich glücklicher als am ersten Tag meines Totenlebens.

»Das kann ich nicht, doch ich kann etwas anderes.« Er nickte aufmunternd.

»Was?« Überrascht sah ich auf. Raven stand auf und lief zum Lager.

»Was machst du jetzt?« Ich versuchte etwas zu erkennen, aber die Dunkelheit machte es unmöglich. Es dauerte ein bisschen, bis er wieder neben mir auftauchte.

»Ich muss zugeben, dass es nicht leicht mit dir war, Mai.« Er grinste und setzte sich vor mich. »Du bist ein guter Mensch. Ich lasse dich nicht alleine gehen, deshalb kann ich deiner Freundin nicht helfen.

Allerdings kann ich dir das hier geben.« Er öffnete seine Hand und überreichte mir zwei Objekte.

Ich schloss die Augen für einen Moment und lächelte. »Danke«, flüsterte ich und nahm die beiden Dinge an mich.

»Du hast noch ein wenig Zeit, also mach was daraus«, sprach er wieder mit dieser gleichgültigen Stimme, die er wie schon so oft benutzte und legte sich dann gähnend neben mich. Man konnte über Raven sagen, was man wollte. Er war arrogant, oftmals gefühlskalt und es schien beinahe so, als ob ihn niemand außer ihm selbst interessierte, und dennoch war er da. Er war da und half mir, obwohl ich niemals darum gebeten hatte. Vielleicht machte genau das die besten Menschen aus. Sie waren da.

Ich ließ mich nieder und nahm die Dinge, die er mir gegeben hatte, zur Hand. Bewaffnet mit einem weißen Blatt und einem Stift schrieb ich den letzten Brief in meinem Leben.

Lektion 41

Die Stille um uns herum sagt manchmal mehr, als wir für möglich halten. Wir müssen nur lernen, zuzuhören.

Manche Menschen schwebten mit einer Leichtigkeit durch das Leben, die beinahe unheimlich war. Zumindest kam es mir so vor, während ich beim Eingang des Parks stand und die Leute beobachtete, die mich umgaben. Es gab Jogger, die einfach über eine rote Ampel eilten, oder Autofahrer, die sich stärker darauf konzentrierten, die richtige Musik auszusuchen, als auf die Straße zu achten. Überall schien das Verderben zu warten und dennoch hielt es inne.

»Tut mir leid, sie hatten nur noch Grünen Tee.« Naoma kam völlig außer Atem vor mir zum Stehen.

»Warum bringst du mir Tee mit?« Etwas verwundert sah ich sie an. Da sie nichts darauf erwiderte, nahm ich ihr dankend den Pappbecher ab. Naoma hatte sich besonders hübsch angezogen. Die Frage war nur, wieso? Ihre Haare hatte sie hochgebunden, dazu trug sie einen schwarzen Rock und ein moosgrünes Shirt, das ihre Augen betonte.

»Was ist los?«, fragte ich, während Naoma zu Atem kam.

»Gar nichts«, keuchte sie und zog die Umhängetasche enger an sich, die von ihrer Schulter hing.

»Das sieht aber nach mehr als gar nichts aus«, antwortete ich und nahm einen Schluck von dem Tee.

»Der ist noch heiß.« Naoma seufzte und deutete auf den Tee.

Ich zuckte mit den Schultern. »Ich spüre das nicht.«

Auf dem Weg zur Brücke trafen wir recht viele Menschen. Es war der erste schöne Tag seit langem und alle wollten ihn nutzen. Die Brücke selbst war dennoch leer und im Wasser befand sich auch niemand. *Komisch* … Wir waren früher andauernd hier gewesen. Leo hatte zwar erwähnt, dass es inzwischen verboten war, trotzdem konnte ich es kaum glauben.

»Es ist, als würde jeder diese Brücke meiden.« Ich schüttelte den Kopf, während ich das sagte. Seit langem trug ich wieder meine eigene Kleidung und keine Sportsachen von Raven oder schwarze Kleider von Naoma. Dadurch fühlte ich mich wieder ein bisschen mehr wie ich selbst. Eine rote Lederjacke war zwar nicht das Unauffälligste bei solch einem schönen Wetter, doch war mir das herzlich egal.

»Da war mal ein Artikel in der Zeitung …«, begann Naoma. »Es ist zu gefährlich, hier runterzuspringen.«

»Gefährlich? Wir haben das andauernd getan, zumindest die Jungs«, murmelte ich. Wir lehnten uns an das Geländer und blickten hinunter zum Fluss. Tatsächlich war das Wasser seit gestern noch weiter zurückgegangen. Spitze Steine ragten durch die Oberfläche, helle Algen waren sichtbar geworden und ließen das Wasser in einem unheimlichen grünen Ton schimmern.

»Nun ja …« Mehr sagte sie nicht dazu.

»Also, der letzte Brief …« Ich räusperte mich und holte den Umschlag hervor. »Ich habe die ganze Nacht überlegt. Es könnte eine meiner Tanten sein oder eine weitere Freundin.«

»Das denkst du?«, hakte Naoma nach. Sie strich sich eine Strähne aus dem Gesicht. Sie wirkte anders, nachdenklicher.

»Es ist ein weiblicher Name und immerhin sollte ich die Person kennen.« Ich drehte und wendete den Brief zwischen meinen Fingern. Vielleicht gab es irgendwo einen Hinweis.

»Das denkst du wirklich?« Schon wieder eine dieser seltsamen Fragen.

»Was ist los mit dir?«, sprach ich irritiert. Ich wandte mich vom Wasser ab und sah sie an.

Naoma schwieg und irgendwie machte mich das wütend. »Der Tee, die Kleidung, die Tasche, deine seltsamen Antworten … Ist etwa noch jemand gestorben?«, rutschte es mir heraus.

»Nein«, antwortete Naoma ebenfalls ziemlich gereizt und kniff ihre Lippen zu einem dünnen Strich zusammen.

»Ich kann das auch alleine, wenn du mir nicht helfen willst«, seufzte ich.

»Ich helfe dir ja«, antwortete sie und sah mich endlich an.

»Sie schuldet dir eine Antwort«, ertönte eine Stimme direkt hinter uns. Es war keine Überraschung, dass Raven auf dem Geländer saß. Er hatte die Beine überkreuzt und ein seltsames Grinsen aufgesetzt.

»Der dunkle Mann, wie toll«, wisperte Naoma und verdrehte die Augen.

»Ich wollte dir nur helfen.« Er zuckte mit den Schultern und stieß sich von der Brüstung ab.

»Was ist denn hier los?« Langsam brauten sich ziemlich viele Möglichkeiten in meinem Kopf zusammen, eine schlimmer als sie andere.

»Das soll sie dir erklären. Ich bin unten.« Er gähnte gelangweilt und machte sich auf den Weg zu seinem Lager.

»Er ist ein Idiot«, sprach Naoma.

»Aber einer der guten Sorte«, ergänzte ich.

Sie nickte nur. »Welche Erinnerungen fehlen dir noch?«, fragte sie nach einer Weile. Ihre Stimme war kaum mehr als ein Flüstern.

»Die über mich selbst.« Ich blickte in den Himmel.

»Da hast du deine Antwort.« Ihre Hände verkrampften sich und umklammerten hilfesuchend das Geländer.

»Ich verstehe nicht …«

»Erinnerst du dich an den Tag, an dem du entdeckt hast, dass ich Nachforschungen über dich betrieben habe?«

Ich nickte. »Natürlich. Doch du hast gesagt, dass du nichts über mich gefunden hättest.«

Die Stille um uns wurde drückender. Selbst das Rauschen des Wassers wurde immer weniger. Dieses Phänomen hatte ich in letzter Zeit häufiger beobachtet. Sobald ich mich vollkommen auf etwas konzentrierte, schien alles um mich herum zu verstummen. Wie gerne hätte ich das gekonnt, als ich noch lebte.

»Das war gelogen.« Es dauerte, bis sie diese drei Worte ausgesprochen hatte, aber dann trafen sie mich mit solch einer Wucht, dass ich zuerst nicht wusste, was ich antworten sollte.

»Der Brief …« Sie deutete auf das Stück Papier in meinen Händen. »Er ist an dich adressiert.«

Lektion 42

Es geht nicht darum, aufzuwachen. Es geht darum, das Beste aus allem zu machen, denn das Glück lässt sich nicht in einen Käfig sperren.

Der Himmel hatte zwei Seiten. Zum einen war da der Tag, an dem man die Dinge klar erkannte, und zum anderen die Nacht, die Verborgenes enthüllte. Mir war die Nacht lieber. Ich hatte kein Problem damit, nachts durch dunkle Gegenden zu wandern oder im nassen Gras zu liegen und den Himmel zu beobachten. Für mich war es am faszinierendsten, wenn es dunkel wurde. Es war, als würde ein Lichtschalter umgelegt. Nach und nach wurden die Sterne sichtbar und schwebten wie funkelnde Diamanten am Himmelszelt.

Es war noch nicht Nacht, dennoch fühlte es sich an, als wäre genau dieser Schalter in meinem Gehirn betätigt worden.

Ich stellte den Teebecher auf den Rand der Brücke und drehte mich langsam zu Naoma. »Was?«, fragte ich.

»Der Brief ist für dich.« Sie blickte mir nicht in die Augen.

»Warum sollte ich mir selbst einen Brief schreiben?« Mit einem Mal fühlte sich dieses kleine weiße Ding in meinen Händen noch wertvoller an. Es war nicht nur ein Brief, sondern enthielt die Antworten auf all meine verbliebenen Fragen.

»Das weiß ich nicht«, antwortete sie.

Da war sie wieder, diese Kälte. Sie strich um meine Haare und ließ mich spüren, dass ich zwar keine Schmerzen fühlen konnte, aber die Kälte um mich herum sehr wohl. Das mächtigste Gefühl auf Erden war die Liebe. Sie ließ uns erblinden, kontrollierte unsere Gedanken. Sie konnte so wundervoll sein und dennoch stand sie eng umschlungen mit dem Hass, der Trauer und all den anderen Gefühlen auf dieser Welt.

»Es tut mir leid, dass ich dir nichts gesagt habe. Es fühlte sich falsch an, immerhin solltest du diese Dinge selbst herausfinden«, sprach Naoma. Der Wind fuhr durch ihre Haare, wehte ihre Strähnen beinahe zärtlich nach hinten und verschwand dann genauso plötzlich, wie er gekommen war.

Die Natur sprach, sie sprach laut und deutlich, und selbst die Menschen konnten sie nicht davon abhalten.

Wir Menschen versuchten stets, alles zu kontrollieren. Wir konnten Häuser beinahe aus dem Nichts erschaffen, verschiedene Sprachen lernen, neue Pflanzenarten züchten, aber wir waren uns nicht bewusst, dass die Erde auch ohne uns funktionieren würde. Wir hatten keinen Einfluss darauf, wann es Tag oder Nacht wurde. Wir konnten die Sterne nicht einfach so verschwinden lassen. Immerhin waren wir nur ein winziges Teilchen im Weltall und vielleicht war es diese Erkenntnis, die mich zum Lächeln brachte.

Die Welt hatte ihre Regeln und ihre Zukunft, und obwohl wir immer dachten, dass wir alles in der Hand hatten, so war dem nicht so. Unsere Zukunft war vorherbestimmt und alles verlief so, wie es sollte.

Ich nickte und drehte den Brief um.

»Was ist passiert?« Ich wollte die Antwort eigentlich nicht hören, irgendwie hatte ich sie schon die ganze Zeit gekannt. Das Leben hatte mich aufgegeben …

»Du bist gesprungen.« Sie kniff ihre Lippen zu einem schmalen Strich zusammen.

»Gesprungen«, wiederholte ich.

»Warte.« Sie nahm ihre Tasche und wühlte darin. Es dauerte ein paar Minuten, bis sie fündig wurde. Sie suchte ruhig und gelassen, als wäre die Zeit stehen geblieben und irgendwie war sie das auch.

Sie reichte mir einige Zeitungsausschnitte. Leo hatte recht gehabt, mein Todestag lag ein Jahr zurück. Das Datum auf der Zeitung zeigte den 7. Mai und auf dem ersten Ausschnitt sah man die Brücke. Lichterketten schlängelten sich daran entlang. Es folgten Kommentare von Leuten, die ich kaum kannte. Sie schrieben, wie wichtig ich ihnen gewesen sei. Irgendwann tauchte ein altes Schulfoto von mir auf.

Sechzehnjähriges Mädchen springt von Brücke. Jegliche Hilfe kam zu spät …

Ich erinnerte mich vage an Leos Worte, als er mich fragte, warum ich nicht springen wollte. Damals hatte ich nicht den Mut dazu, aber anscheinend dachte ich irgendwann, es wäre sinnvoll, mich meinen Ängsten zu stellen.

Ich schluckte.

»Deine Schwester hatte Lichterketten aufgehangen und Zitate geschrieben. Sie war es, die den Zeitungen verbot, irgendwelche Theorien über deinen Sprung aufzustellen.«

Ich nickte. Mein Hals fühlte sich staubtrocken an, als hätte ich seit all den Jahren kein Wort gesprochen.

»Ich weiß nicht, warum ich das getan habe«, sprach ich irgendwann und merkte, dass ich den Tränen nahe war. »Das passte nicht zu mir«, fügte ich hinzu.

»Liv.« Sie drehte sich zu mir um. »Das alles tut mir leid. Vielleicht solltest du den Brief lesen, damit du abschließen kannst.« Auch in ihren Augen glitzerten die ersten Tränen.

Ich hätte wütend auf sie sein sollen. Wütend darauf, dass sie das alles verschwiegen hatte. Dennoch war ich ihr unendlich dankbar, denn ich wusste, sie hatte alles richtig gemacht. Sie hatte mir geholfen, wenn es nötig war, war da, wenn ich mich alleine fühlte, und sie ließ mich mich selbst wiederfinden.

»Liv …« Ich betrachtete den Umschlag genauer.

Olivia (Liv)

Und auf einmal sah ich alles. Plötzlich befanden sich diese Dinge vor mir. Da war nun nicht mehr diese leere Brücke. Ich sah die zahlreichen Lichterketten bei den Holzbalken. Die Lichter wirkten alt und jede von ihnen hatte eine andere Farbe, als ob jemand der Trostlosigkeit entgegenwirken wollte. Rosen steckten im Efeu. Blumen und Kerzen lagen überall. Kleine handgeschriebene Zettel waren auf Schnüre aufgeknüpft worden. Wind und Regen hatten die Schrift ausgebleicht und hier und da fehlte einer.

Gib niemals auf, stand auf einigen davon. Viele Leute hatten das geschrieben.

Daneben war ein riesiges Verbotsschild angebracht worden. *Nicht springen!*

Ich holte tief Luft, ohne zu wissen, wieso. Immerhin atmete ich nicht mehr.

Warum war mir das alles niemals aufgefallen?

Da waren sie, die Erinnerungen an den Tag, an dem ich gesprungen bin.

Wie ein tiefes Loch offenbarte sich die Wahrheit vor mir und ich wusste, bevor ich den Brief lesen würde, musste ich noch einmal zu diesem Tag zurückkehren.

Das Leben hatte mich aufgegeben, ich hatte recht behalten.

Liv, so hatte man mich genannt. Liv bedeutete Schild oder Schutz aber es hatte auch eine weitere Bedeutung.

Es bedeutete auf Schwedisch *Leben* …

Erinnerung an meinen letzten Tag

Es war nicht leicht, all die Bilder zu sortieren, die mich überfielen. Gerüche, Farben und Worte tanzten in meinem Kopf wild durcheinander, als würde ein Hurrikan darin sein Unwesen treiben. Dass ich davon noch keine Kopfschmerzen bekommen hatte, grenzte an ein Wunder.

Ich hatte in der Schule gelernt, dass unser Gehirn zwar einen ziemlich großen Speicher besaß, aber uns trotzdem täuschen konnte. Es war in der Lage, Erinnerungen zu verfälschen. Meist waren es nur Kleinigkeiten wie eine bestimmte Farbe oder Zeit und doch konnte es auch Erinnerungen gänzlich verbergen.

Während ich dasaß, den Brief in den Händen, das Gesicht zum Himmel, versuchte ich Ordnung in mein Gedanken-Chaos zu bringen …

6. Mai – oder: Der Tag, an dem ich starb

Irgendwie war es eigenartig, irgendwie gewöhnungsbedürftig, und dennoch fühlte ich mich das erste Mal seit langem völlig schwerelos. Es war ein sonniger Maitag und nur wenige Menschen waren auf den Straßen unterwegs. Die meisten waren bei der Arbeit oder in der Schule. Ich hatte mich krankgemeldet, saß auf der Brücke, schloss die Augen und genoss den Wind, der durch mein Haar fuhr.

Ich hielt mein Handy in der linken Hand und warf ständig einen Blick dar-

auf. Leo hatte sich seit Tagen nicht gemeldet. Er schrieb mir nicht zurück und meine Schwester hatte ihn mit einem anderen Mädchen gesehen. Mehr als ein müdes Lächeln hatte ich dafür nicht übrig. Ich hatte aufgehört, wegen Kleinigkeiten zu weinen, war mir bewusst, dass an anderen Orten der Welt Menschen wegen weit Schlimmerem versuchten, nicht zu weinen.

In der Schule hatten wir gestern über unsere Zukunft gesprochen, darüber, was wir eines Tages werden wollten. Ich hatte mit einer Mindmap angefangen, mir sämtliche Ideen aufgeschrieben, die mir in den Sinn gekommen waren. Am liebsten wollte ich Pilotin werden. Ich mochte den Himmel, den Wind um mich herum und die grenzenlose Freiheit. Dennoch hatte ich Respekt vor der Höhe.

Ich könnte aber auch Ärztin werden und anderen Menschen helfen oder mich mit dem Geld für Tiere einsetzen.

Oder vielleicht würde ich bei einem Theater arbeiten, Masken für die Schauspieler herstellen und mich in dieser Welt verlieren.

Ideen hatte ich viele, aber mir fehlte die Zukunft dafür. Ich war müde und das jeden Tag ein bisschen mehr. Ich hatte die Menschen verloren, von denen ich gedacht hatte, sie würden mich verstehen und im Ziel auf mich warten. Ich hatte die Gedanken aus meinem Kopf verdrängt, von denen ich angenommen hatte, sie würden für immer dort oben drin bleiben.

Das Leben war eigenartig, trotzdem war ich fasziniert davon. Es gab so viele Möglichkeiten und so wenig Zeit. So viele offene Fragen, so viele nicht erzählte Geschichten. Irgendwie hatte ich den Anschluss verpasst.

Ich hätte niemals vergessen dürfen, wer ich war. Vielleicht wäre mir das Leben dann leichter gefallen.

Auf einmal hatte ich keine Angst mehr. Ich fühlte mich unbesiegbar und mutig genug, mich meinen Ängsten zu stellen. Ich wollte die dunklen Schatten loswerden, wollte dieses nagende Gefühl nicht mehr in meiner Brust haben, die ständigen Zweifel an allem und jedem. Ich wollte fliegen, frei sein und endlich all die Menschen aus meinem Leben streichen, die nicht dorthin gehörten.

Der gesamte Park schien wie ausgestorben, auch auf der Brücke traf ich niemanden an. Auch ich war eine ganze Weile nicht hier gewesen. Meine Schwester hatte keine Zeit, Tris wollte nicht und Leo sprach nicht mit mir. Mit den anderen aus unserer Gruppe hatte ich nie viel zu tun gehabt. So kam es, dass ich hier saß und darüber nachdachte, wie ich meine Ängste loslassen könnte.

Inzwischen war es kurz vor zwölf und bald würden die anderen Mittagspause haben. Danach würden drei langweilige Geschichtsstunden bei Mister Martins folgen. Zum Glück blieb mir das erspart.

Langsam stand ich auf, legte mein Handy ins Gras und blickte zum Himmel. Die Antworten auf meine Fragen fand ich leider auch dort oben nicht. Denn niemand kannte sie besser als ich selbst.

Leo hatte mich gefragt, ob ich Angst davor hätte, zu springen, und ja, die hatte ich. Ich hatte Angst vor all den Tatsachen und vor den Wahrheiten, die bei dem Sprung offenbart werden würden. Lieber wollte ich in meiner eigenen großen Lüge weiterleben, als zu realisieren, dass die Welt sich immer weiterdrehte. Nur ich war stehen geblieben, hatte gehofft, dass irgendwann all diese Dinge von allein auftauchen würden, wenn ich nur lang genug warten würde.

Und das hatte ich getan – ich hatte gewartet, jeden Tag ein bisschen weniger. Und nun stand ich hier und beugte mich hinunter zum Wasser. Von dem Brückenrand aus wirkte der Abstand von hier nach unten viel höher. Der Wind fuhr mir durch das Haar, wie ein leises Flüstern ermutigte er mich.

Das Wasser war viel zu flach und eigentlich wusste ich das, doch auch hier lebte ich lieber in meiner eigenen Welt aus Lügen.

Ich zog die Schuhe aus, damit sie nicht nass werden würden. Sie waren neu und passten zu jedem Outfit. Meine Hände zitterten leicht und ich wusste, dass ich das tun musste.

Ich musste beweisen, dass ich keine Angst hatte. Ich wollte, dass all die schlechten Dinge während des Sprunges weggeweht würden und ich danach lachend auftauchen würde.

Ich wollte die Freiheit, von der die Menschen ständig sprachen, wollte sie nicht nur als Wort um mich haben, sondern dass sie ein Teil von mir wurde.

Langsam setzte ich mich auf den Rand der Brücke, schloss die Augen und holte noch einmal tief Luft.

Wenn ich auftauchen würde, würde alles besser werden. Ich würde von diesen erdrückenden Gedanken befreit sein.

Und so sprang ich, spürte die Freiheit in meinem ganzen Körper und die Tränen in meinen Augen, die während des Sprunges weggeweht wurden.

Ich hatte zu dem Zeitpunkt bereits gewusst, dass ich nicht wieder auftauchen würde, dass das Wasser viel zu flach war – und dennoch gab ich alles für diesen einen Moment voller Freiheit. Genau dieser Moment hatte mich mein Leben gekostet.

»Es ist vorbei«, sprach ich, als ich meine Augen öffnete und zu Naoma sah.

»Es ist vorbei«, wiederholte ich und fühlte noch immer das Wasser in meinem Haar.

Lektion 43

Zeit ist die kostbarste Währung der Welt, und ohne dass wir es merken, verspielen wir sie für Nebensächliches.

»Alles in Ordnung?« Naoma setzte sich zu mir auf den Boden der Brücke. Ich blickte geradeaus und hoffte, dass mein Kopf nicht unter dem Schwall an Erinnerungen platzen würde. Alles war da. Es war, als wären endlich alle Puzzleteile an ihrem Platz. Ich konnte mich an meine Geburtstage erinnern, besonders an den in der zweiten Klasse. Meine Mutter hatte einen Ausflug für mich und Tris zu einem Streichelzoo geplant. Es hatte eigentlich eine Überraschung sein sollen und dennoch hatte ich schon Tage vorher gewusst, wohin sie mit uns wollte. Trotz allem taten Tris und ich so, als hätten wir keine Ahnung.

Selbst die Erinnerung daran, wie ich das erste Mal Auto gefahren war, war wieder da. Es war auf einem alten Schrottplatz, wo uns die Polizei nicht erwischen konnte. Ich fuhr mit dem Auto eines Freundes und fühlte mich ziemlich erwachsen, obwohl ich es gerade einmal fünf Meter bewegt hatte.

All die Schulfeste, zu denen ich mich heimlich von zu Hause weggeschlichen hatte, all die vielen Bücher und ihre Geschichten, die ich gelesen hatte, all die vielen Filme, bei denen ich mir gewünscht hatte, dass ich die Hauptperson wäre. Ja, alles war wieder da. Die schönen Momente, aber auch die schlechten, alles, was mich daran erinnerte, was ein Leben ausmachte.

Die Erinnerung an meinen Tod war anders. Dieses Gefühl der

Schwerelosigkeit überwältigte mich immer noch, wenn ich daran dachte. Es war nicht wirklich positiv, sondern erzeugte ein merkwürdiges Kribbeln in der Magengegend. An den Aufprall konnte ich mich nicht erinnern – da war nur unendliche Leere.

Das hier war mein letztes Kapitel, das Ende meiner Geschichte, und ich war noch nicht bereit dafür.

»Ich denke schon«, antwortete ich auf ihre Frage. »Ich bin gesprungen, weil ich nicht mehr konnte, nicht mehr wollte.«

»Das war eine der Theorien in der Zeitung.« Sie nickte und deutete auf die Zeitungsausschnitte vor uns.

»Was waren die anderen?« Neugierig betrachtete ich die Bilder und Texte.

»Es gab viele Theorien. Am Ende waren sie sich aber sicher, dass es ein Unfall war.«

»Vielleicht ist es besser, wenn nur ich weiß, dass es kein Unfall war.« Ich lächelte und schob die Zeitungsartikel in ihre Richtung. Die Kette mit dem Stein, die mir Naoma geschenkt hatte, hing nach wie vor an meinem Handgelenk.

»Ich wünschte, dass du hierbleiben könntest«, sprach Naoma. Sie wirkte noch immer nachdenklich und langsam dämmerte mir, warum sie sich heute so seltsam verhalten hatte. Ihr war bewusst, dass ich nach diesem Brief verschwinden würde.

»Ich muss gehen. Mein Leben ist vorbei. Jedoch solltest du wissen, dass, auch wenn alles ausweglos erscheint, es niemals so ist. Es gibt viel mehr dort draußen und darum solltest du niemals aufgeben.«

»Kommst du mich besuchen?«

»Aber sicher doch. Ich werde in deinem Kleiderschrank weiterleben.«

Wir lachten beide, obwohl es kein herzliches Lachen war, da wir wussten, dass es das letzte Mal war.

»Versprich mir wenigstens, dass du da sein wirst, wenn ich in den Himmel sehe.«

»Ich werde immer da sein, versprochen.« Ich drückte ihre Hand. »Versprich mir aber auch etwas«, fügte ich hinzu.

»Was?« Etwas überrascht sah sie mich an.

»Behalte sie im Auge und pass auf sie auf.« Ich sagte nur diesen einen Satz und wusste, dass Naoma verstand. Sie wusste, dass ich Leo, Tris, meine Mutter und meine Schwester meinte und sie für sie da sein sollte, weil ich es nicht mehr konnte.

»Na dann …« Ich versuchte erneut, zu lächeln, und nahm den Brief in meine Hände. Der letzte Brief, den ich jemals lesen würde. Das letzte Mal in meinem Leben, dass ich hier auf der Brücke saß.

In diesen Minuten hatte ich viele letzte Male.

»Lies langsam«, flüsterte Naoma und wandte ihren Kopf ab, damit ich ihre Tränen nicht sah.

Ich nickte. »Versprochen.«

Während ich die Zeilen las und ab und zu für einen Moment innehielt, merkte ich, wie die Last der vergangenen Tage von mir abfiel. Ich versuchte zu ignorieren, dass Raven neben der Brücke stand und nur darauf wartete, dass ich zu Ende las. Ich versuchte alles um mich herum zu ignorieren, um die restliche Zeit meinem Brief zu widmen.

Denn das war bislang etwas gewesen, das ich nie getan hatte. Ich hatte niemals auf mich gehört, mir nie einige Minuten für mich selbst gegönnt und so war ich taub für die Schreie meines Körpers, dass es genug war. Genug dieser immer gleichen Spielchen und genug der Wege ins Nirgendwo.

Das hier war meine Zeit. Die letzte, die ich hatte.

Brief 5

Liv,

für dich habe ich If I Die Young *von* The Band Perry.

Alle Dinge verlieren mit der Zeit ihren Wert. Alle Dinge verblassen irgendwann. Die Zeit nagt an ihnen und irgendwann geraten sie in Vergessenheit.

Ich habe es versucht, habe oft dagestanden und habe die Tage gezählt.

Als ich klein war, hatte ich Angst vor Achterbahnen, konnte nicht verstehen, was an denen toll sein sollte. Vielleicht war es dieser Moment, in dem man seine Sicherheit dem Risiko aussetzte.

Ich mochte die Höhe nie. Mein Körper begann zu zittern, sobald ich auf einem hohen Berg stand. Mein Herz schlug wilder als jemals zuvor, wenn ich in ein Flugzeug stieg. Sie war schon immer meine größte Angst gewesen. Ich hatte Angst vor dem Moment, in dem ich fallen würde, keine Kontrolle mehr hätte und einfach vertrauen musste.

Ich hatte vor vielen Dingen Angst und eine meiner größten Ängste war der Verlust. Ich hatte Angst davor, all diese Menschen aus meinem Leben und mich selbst im Strudel der Zeit zu verlieren.

Das hatte ich getan und nach und nach merkte ich es immer deutlicher. Ich war nicht mehr die Olivia von früher. Ich verbrachte meine Zeit damit, über andere nachzudenken. Ich hinterfragte alles und jeden und irgendwie fand ich das Glück nicht mehr.

Ich wollte niemals erwachsen werden und wollte dieses kleine Mädchen bleiben. Ich wollte Fehler machen dürfen und Zeit haben. So viel Zeit und so viele Möglichkeiten. Und doch schreibe ich diesen Brief, weil ich spüre, dass ich all das nicht mehr habe.

Ich werde springen und meine Ängste besiegen. Ich werde aufgeben, auch wenn das niemals das Ziel war.

Ich liebe dieses Leben, nur ist es nicht mehr meines.

Vielleicht hätte ich kämpfen sollen, auch wenn – oder gerade weil? – das niemand für mich getan hat.

Falls ich diesen Brief irgendwann lese, so hoffe ich, dass ich trotz allem nicht gesprungen bin, dass ich inzwischen glücklich bin und weiterkämpfe.

Denn immerhin bedeutet Liv Leben und das sollte ich tun.

Pass auf dich auf, wo immer du bist …

dein Ich, das Mädchen, das sich in ihren eigenen Träumen verlor, in der Hoffnung, in einem Wunderland aufzuwachen

Lektion 44

Und manchmal steht ein Ende für einen neuen Anfang.

Da war es wieder, dieses Lied in meinem Kopf. *Fight Song* … Ja, ich fühlte mich gerade wie dieses kleine Boot in dem Lied, das durch Wellen in Gang gesetzt wurde. Die Wellen bestanden aus meinen Erinnerungen, meinen Rückblicken, die auf einmal wieder da waren. Ganz langsam schmiegte sich diese Melodie um meinen Körper wie ein Schleier aus Schatten und doch so tief wie meine Gedanken.

Alles war leicht, schien schwerelos. Ich fühlte mich wie in einem Traum. Nichts gehörte mehr der Wirklichkeit.

Der Brief in meinen Händen verschwand, zerfiel zu Staub und wurde dank des Windes hinaufgetragen.

»Es wird Zeit«, sprach Raven. Seine sonst so dunklen Augen waren heute hell, beinahe beruhigend. Ich nickte, wusste es. Das hier war mein letztes Kapitel, mein Ende.

»Nun ist es so weit«, sprach Naoma. Sie konnte mir noch immer nicht in die Augen schauen und irgendwie war ich froh darüber. Ich wollte nicht sehen, wie traurig sie war. Irgendwann würde sie verstehen, dass nicht alle Dinge ewig währten.

Ich nickte und zog sie in meine Arme. Es war keine gewöhnliche Umarmung. Es war eine, in der sich die vergangene Zeit widerspiegelte. Wir hatten Angst loszulassen, denn sobald wir das tun würden, würde meine Zeit vorbei sein.

Und doch war es wie damals bei der Brücke. Ich löste mich langsam aus der Umarmung und sah ihr noch einmal in die Augen.

»Danke für alles«, flüsterte ich, während Naoma nicht wusste, ob sie weinen oder lachen sollte. Sie rang sich zu einem Lächeln durch, während weitere Tränen über ihre Wangen wanderte. »Das war das Mindeste«, wisperte sie und berührte die Kette an ihrem Arm.

Raven nahm meine Hand und ich war froh, dass er hier war. »Das ist das erste Mal, dass du nett bist«, sprach ich und drückte seine Hand ein bisschen fester.

»Kleine Mädchen sollte man nicht alleine lassen«, erwiderte er und lächelte das erste Mal wirklich.

Ich schloss meine Augen, während der Wind kräftiger wurde. In den wenigen Sekunden, die mir blieben, dachte ich über mein Leben nach. Über die guten und die schlechten Momente – vielleicht würde ich eines Tages in einem anderen Körper aufwachen und alles besser machen.

Ich öffnete die Augen wieder und versuchte trotz des Windes etwas zu erkennen. Mein Körper wurde leicht, schien wie ein Ballon zu schweben und alles um mich herum verschwamm immer mehr. Die Bäume wurden zu einem kleinen grünen Fleck, Naoma wurde vom Schein der Sonne verschluckt, die Brücke verschwand aus meinem Sichtfeld und auf einmal war da eine wohlige Wärme, die mich empfing.

Alles verblasste und Ravens Hand führte mich auf den richtigen Weg.

Ich tanzte auf Wasser, spiegelte mich in den Seen und trug ein weißes Kleid mit glänzenden Perlen und einem Rock, der sich bei jeder Umdrehung um meinen Körper bauschte, während neben mir ein Lied spielte. Da waren sie und tanzten und lachten, all die Gedanken aus meinem Leben. Sie hielten sich bei der Hand und vereinigten sich. Es war nur ein Trugbild, ein Streich, den mir mein Gehirn spielte. Dennoch schloss ich die Augen und tanzte, näherte mich dabei dem Licht, das mich in eine andere Welt begleitete.

Die Welt hatte ihre Regeln und ihre Zukunft und obwohl wir dachten, dass wir alles in der Hand hätten, so war dem nicht so. Unsere Zukunft war vorherbestimmt und alles verlief so, wie es sollte.

Dasselbe galt für Raum und Zeit. Sie existierten beide nur für uns Menschen. Weder Pflanzen noch Tiere wussten von der Zeit. Es gab nur Tag und Nacht, und das immer wiederkehrend bis zum Tag des Todes. Im Nachhinein konnte ich sagen, dass ich froh war, dass sie für uns existierte. Ich hatte nicht viel davon bekommen, aber genau das ließ mich erkennen, dass Zeit die kostbarste Währung auf der Welt war und um nichts in der Welt würde ich meine eintauschen.

Als ich mich aufgab, war ich sechzehn Jahre alt und trug keine Schuhe.

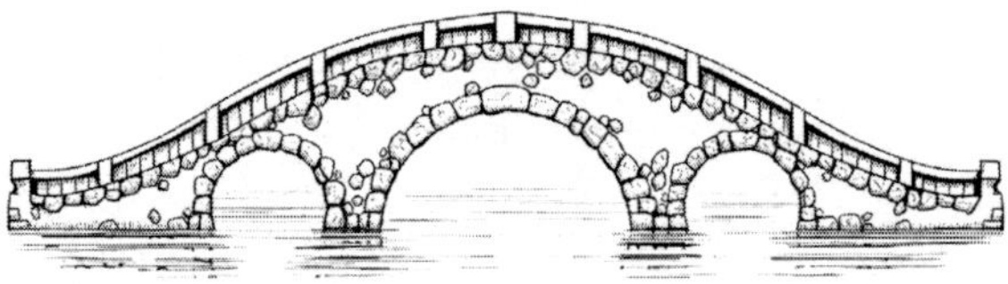

Epilog

Es war Weihnachten und überall lag Schnee. Die Straßen waren voll davon und er verwandelte den Ort in ein verschneites Wunderland. An meinen Händen trug ich dicke Handschuhe und meine Füße steckten in Winterboots. Ich mochte die Kälte, die Stille und die Hilfsbereitschaft der Menschen, die in dieser Zeit zunahm. Bald würde Heiligabend sein und alle beisammensitzen, lachen, Tee trinken und gemeinsam Geschenke auspacken.

Mein Weg führte vorbei am Skatepark, dem blauen Shoppingcenter, der Schule und dem Haus von Liv. Es brannte Licht und sie standen zu dritt im Wohnzimmer. Sie lachten, schienen glücklich zu sein.

Ich lief weiter, bis ich endlich bei dem Park ankam. Das Gitter des Einganges zum Park war eisigkalt und selbst durch die Handschuhe spürte ich, wie die Kälte meine Hände eroberte. Der Park war seltsamerweise offen und ich gelangte ohne Mühe in das Innere.

Die Dunkelheit um mich herum ängstigte mich nicht, denn ich wusste, dass ich niemals alleine war, dass Liv stets bei mir war. Wie zur Bestätigung blies der Wind stärker und, ohne es zu wollen, musste ich lächeln. Sie hatte einen festen Platz in meinem Herzen und dort würde sie für immer bleiben.

Die Brücke wirkte verlassen und dennoch hatte wohl vor kurzem jemand die Lichterketten vom Schnee befreit. Ein einzelnes Licht brannte in der Laterne, die neben der Brücke stand. Liv war fort und jedes Mal, wenn ich daran dachte, nagte die Leere an mir, die sie hinterlassen hatte. Ich war mir bewusst, dass sie nun an einem besseren

Ort war, dass sie nun frei von all ihren Zweifeln und Gedanken war, und trotz allem wünschte ich mir nichts sehnlicher, als sie bei mir zu haben.

Ich lehnte mich über das Geländer der Brücke und blickte in die dunkle Tiefe. Viel war nicht zu erkennen, man konnte es nur dank des Rauschens erahnen.

Ein kräftiger Windstoß zerrte an meinen Haaren. Verwundert senkte ich den Kopf und spähte in die Dunkelheit. Da war etwas im Schnee, etwas Kleines. Eilig zog ich meine Handschuhe von den Fingern und ging näher heran. Es war ein Plastiksack und darin, ganz unberührt, befand sich ein Kuvert. Ich hob den Sack auf, ehe der Neuschnee ihn unter sich begraben konnte.

»Liv?« Keine Antwort. Aber was hatte ich anderes erwartet? Meine Hände zitterten leicht, als ich den Brief hervorholte und ihn öffnete. Ich lief zu der Laterne, um etwas erkennen zu können. Der Brief war von ihr, es stand nicht viel darin und dennoch gab mir dieses Papier mehr, als man sich vorstellen konnte. Es fühlte sich an, als würde ich ein ganzes Leben in den Händen halten. Es war ihre Nachricht an mich, ihr letzter Brief.

»Hallo?«

Erschrocken zuckte ich zusammen und drückte mich tiefer in die Dunkelheit, den Brief fest an meine Brust gepresst.

»Ist da jemand?«, erklang es aus einiger Entfernung.

Ich bewegte mich kein bisschen, versuchte, meinen Atem anzuhalten, und hörte über das Heulen des Windes hinweg, wie sich Schritte näherten.

»Da ist niemand«, antwortete eine andere Stimme.

Die Dunkelheit gab die Umrisse dreier Personen preis und umso näher sie kamen, desto mehr presste ich mich an das Holz der Brücke. »Da liegen Handschuhe«, erwiderte eine der Personen und hob einen davon auf. Natürlich hatte ich vergessen, diese wieder aufzuheben.

Erst als sie auf der Brücke standen, erkannte ich die drei. Ich richtete mich auf.

»Hey«, murmelte ich und hob meine Hand. »Das sind meine«, fügte ich hinzu, nachdem ich mich geräuspert hatte.

Savia ließ ihn wieder fallen, so erschrocken war sie über mein plötzliches Auftauchen. »Du«, wisperte sie und ihre Augen weiteten sich. Auch Leo und Tris hielten inne und betrachteten mich genauer. Sie kannten mich, sie hatten mich bereits gesehen, zumindest Leo und Savia.

»Ja, ich.« Ich nickte nervös und hob meine Handschuhe auf.

»Wir wollten hier eigentlich etwas Privates veranstalten«, kam es von Tris. Sie verschränkte die Arme vor der Brust und starrte mich an.

»Ich wollte so oder so gerade gehen.« Ich machte mich auf den Rückweg.

»Warte!« Savia hielt mich zurück. »Du solltest bleiben.« Leo nickte bestätigend.

»Wir sind wegen ihr hier«, fuhr Savia fort und lächelte.

Ich hatte mir schon gedacht, dass sie ebenfalls wegen Liv hier waren. Wieso sollten die drei auch sonst etwas zusammen unternehmen?

Wir setzten uns auf den Boden der Brücke und blickten in den Himmel. Es war nass und kalt, doch selbst Tris schien es nicht zu stören. Und so saßen wir eine Weile da, dachten an Liv, an die Zeit mit ihr, an ihre Worte … Und, so merkwürdig es klingen mag, wir waren glücklich. Glücklich darüber, dass wir dieses Leben noch vor uns hatten und dass wir dank ihr gelernt hatten, es zu schätzen.

»Bei *Onkel Ben* gibt es Wintertee. Den sollte man getrunken haben«, unterbrach Leo die Stille. Er saß direkt neben mir und seltsamerweise roch er nicht nach Rauch, wie er es sonst immer getan hatte. Anscheinend hatte er es geschafft, aufzuhören, und auch Tris hatte sich verändert. Sie trug deutlich weniger Schminke und ihre Kleider waren anders. Keine teuren Designerfummel oder knappe Röcke. Sie hatte zu sich selbst gefunden.

»Dann lass uns das tun.« Savia klatschte auffordernd in die Hände.

»Kommst du mit?«, fragte Tris und lächelte mich zum ersten Mal an.

»Gerne doch. Ich muss nur noch etwas erledigen. Geht ihr schon mal vor.«

Sie nickten und schlugen den Weg zu dem Café ein. Ich nahm den Brief wieder in die Hände und schaute in den Himmel. Einer der Sterne leuchtete heller als alle anderen.

»Danke«, flüsterte ich in den Wind und schloss für einen Moment meine Augen. »Danke …«

Und dann befolgte ich den letzten Ratschlag, den sie mir auf den Zettel geschrieben hatte.

… *Lebe* …

In Erinnerung an das Mädchen, das von der Brücke sprang. In Erinnerung an das Mädchen, das mir gezeigt hat, dass dieses Leben mehr zu bieten hat, als man denkt. Man muss nur die Augen öffnen und bereit für Veränderungen sein. In Erinnerung an dich, Liv, an dich und dein kurzes Leben. Du wirst für immer in meinem Herzen bleiben.

Naoma

Danksagung

Wieder einmal geht eine Geschichte zu Ende und diesmal ist es eine, die mir nähersteht als alle anderen. Es sind meine Worte, meine Gedanken zum Leben und zu all diesen kleinen Dingen. Es ist kein einfaches Thema. Ein Thema, über das nicht gerne gesprochen wird, und dennoch wollte ich darüber schreiben. Ich verbinde viel mit diesem Buch und bin umso glücklicher, dass ich es endlich in den Händen halten kann.

Im Grunde weiß ich nicht, wo ich anfangen soll, mich zu bedanken. Es gibt so viele Menschen, die ein Teil dieses Buches sind, die mich durch die Zeit des Schreibens begleitet haben.

Zuerst möchte ich mich bei meinen Lesern auf Wattpad bedanken, bei denen, die mich immer unterstützt haben. Danke auch an Bianca für all deine guten Taten und die wunderschönen Gedichte. Danke Sina, Melli, Nicky, Phine, Railey, Eisi, Sophia Tien-An, Thilda, Dina, Ronja, Pauli, Eli, Toni, Mal, Ally, Klaudia und natürlich Manuela, deren Kunst mich immer wieder berührt.

Danke dir, Katja, für deine Unterstützung. Wir kennen uns auch von Wattpad und teilen so viele Dinge. Du warst mir immer eine große Hilfe in den letzten Jahren!

Danke an Valentina für all die wunderschönen Zeichnungen und die Liebe zum Detail.

Rahel, auch dir verdanke ich dieses Buch. Wie oft haben wir mit unseren Notizblöcken im Freien gesessen und uns Ideen für unsere

Geschichten überlegt? Ohne dich hätte dieses Buch kein so würdevolles Ende.

Danke auch an Lea für die Hilfe und den Rat. Immerhin teilen wir denselben Büchergeschmack.

Danke an meine Familie, an meine Eltern, die wohl besten, die es gibt, und an meine Tante, die dieses Buch vor allen anderen lesen durfte.

Danke an Rebbi, Jessy, Ely, Jenny, Scheggy, Marcia, Coco und Antigona, meine Freundinnen, die sich schon oft meine Erzählungen zu den Büchern anhören mussten, obwohl sie keine Leseratten sind.

Danke an die beiden tollen Autoren Ecem und Maja, es war immer wunderbar, dass ich mich mit euch austauschen konnte.

Danke an die wohl tollsten Blogger der Welt! Ich bin froh, dass ich euch kennenlernen durfte, Neyla & Jessi & Katha & Jenny& Janina. Ihr habt mein Leben ein bisschen bunter gestaltet und euch einen Platz in meinem Herzen verdient.

Danke an meine tolle Lektorin, Michéle, für deine lieben Worte und die Hilfe.

Und ein besonderes Dankeschön geht an Nadine vom Zeilengold-Verlag. Sie ist nicht nur ein wunderbarer Mensch, sondern hat meinem Buch ein Zuhause geschenkt.